大丈夫。
人間だから
いろいろあって

Kayama rika
香山リカ

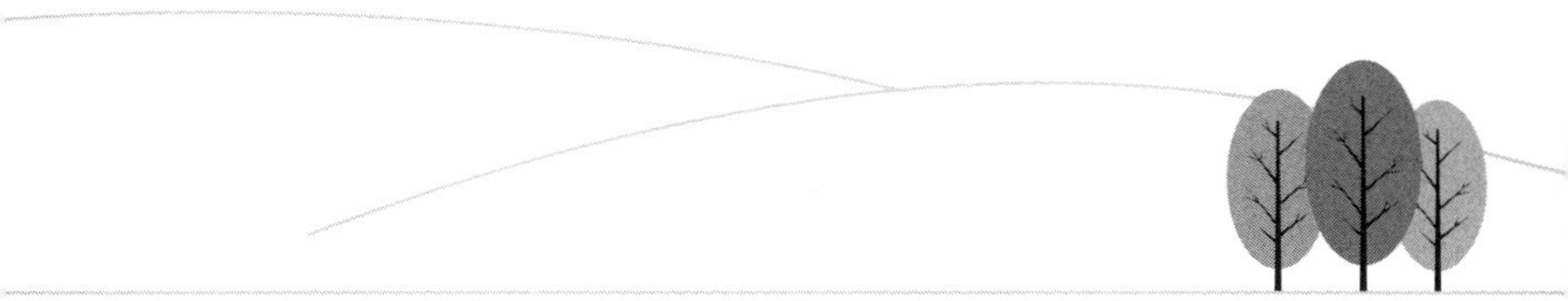

新日本出版社

はじめに

思えば私も長く生きてきた。あと2年で還暦だというのだから、自分ながらビックリだ。その半分以上は精神科医をしていた計算になる。それにも驚きだ。

ひとりの人間としての私の人生は、とても平凡で単調だ。地方都市の4人家族として育ち、大学を出て就職してから、何度か転勤はあったがずっと同じ仕事をしている。子どもを持つ機会もなく、毎日、朝起きて出勤していちにち仕事して夜に帰り、それからテレビを見たりゲームをしたり。ときには友人と食事に出かけることもあるが、それほどの遠出はしない。とくに大きな病気をしたこともなく、体力や記憶力はだんだん落ちてきたけれど、「まあ、それも年相応か」と納得している。

しかしそんな私も、診察室では患者さんたちから、波乱万丈、紆余曲折の人生物語を聞かせてもらえる。子どもが6人もいて子育てに奮闘して疲れきった母親、仕事で多くの国を飛び回っているうちに「本当の自分はどこにある?」とわからなくなったビジネスマン、そして事故や災害の被害を受け、心に傷を負ったまま日々を暮らさなければならない人たち…。みんな私には考えられないくらい、激動の人生を歩んでいる。それだけで「すごいですね」と心からの敬意を覚える。そして、眠れない、元気が出ない、希望が持てない、などの困難を抱えたその人たちに、「大丈夫です。いっしょに問題に取り組めば、きっと解決の糸口が見つかると思いますよ」と声をかけたくなるのだ。

「よくそんなたいへんな仕事ができますね」とときどき言われるが、私自身は精神科医は苦労の多い仕事だとはちっとも思わない。いま述べたように自分では経験できないいろいろな人生に出会わせてもらえ、さらにはその人たちが何らかの理由で落ち込んだり意欲を失ったりした状態から、少しずつ回復して本来の姿を取り戻す姿を見ることができるからだ。

「もう生きているのもイヤです」とはじめの頃は語っていた人に、2カ月、3カ月と時間がたつうち少しずつ笑顔が戻ってくる。「このあいだ、久しぶりに散歩に出たんですよ。季節がすっかり変わっていたけれど、夜風が気持ちよかったです」などと報告してくれると、私はしみじみ「人間ってすごいなあ」とその底力に感動する。その間、精神科医はたいしたことをするわけではない。ただひたすら、「大丈夫。あなたにも底力が備わっているのですから、心とからだが休まればきっと元気が出てきます」と声をかけ、あせらずに待つように励ますだけだ。

この底力は、どんな人にも必ずあると私は信じている。年齢、性別、学歴、収入などいっさい関係なし。自分を信じてじっくり待つ、それだけでその底力は自然に出てくるものなのだ。むずかしいトレーニングも必要ない。これは30年以上、精神科医という仕事をしてきて私がたどり着いたひとつの結論である。

この本は、そこまでどん底にいるわけではないけれど、「ちょっと疲れたな」「なんだか心が晴れないな」という気分の人たちに向けて書かれたものだ。「そういうこと、誰にもありますよ。あわてなくても大丈夫。また元のあなたに戻れますよ」というメッセージが繰り返されているはず。もともとは北海道新聞に連載しているコラムだから、札幌生まれの私は同郷の人たちに話しかけるようにして書いた。

誰だって落ち込むこともあれば、悲しさを感じることもある。生きていれば、思わぬアクシデントやトラブルに見舞われることもある。でも、大丈夫。人間なんだから。そして、あなたにも底力が備わっているのだから。そんな私のささやきを受け取ってほしい。

２０１８年10月　　香山リカ

目次

はじめに　2

一章　人生だからいろいろあって

苦手な人の「よいところ」　12
願望、欲求を元気の源に　14
ほどほどのシニア難しい　16
失敗、挫折こそ幸せの生みの親　18
自分の定年は自分で決める　20
繰り返しの日々 何を学ぶ　22
受験の結果が全てじゃない　24
無理しないで頑張って　26
ごはんがおいしい 今日はマル　28
必ず晴れの日はやって来る　30
人の心がわり 大目に見て　32

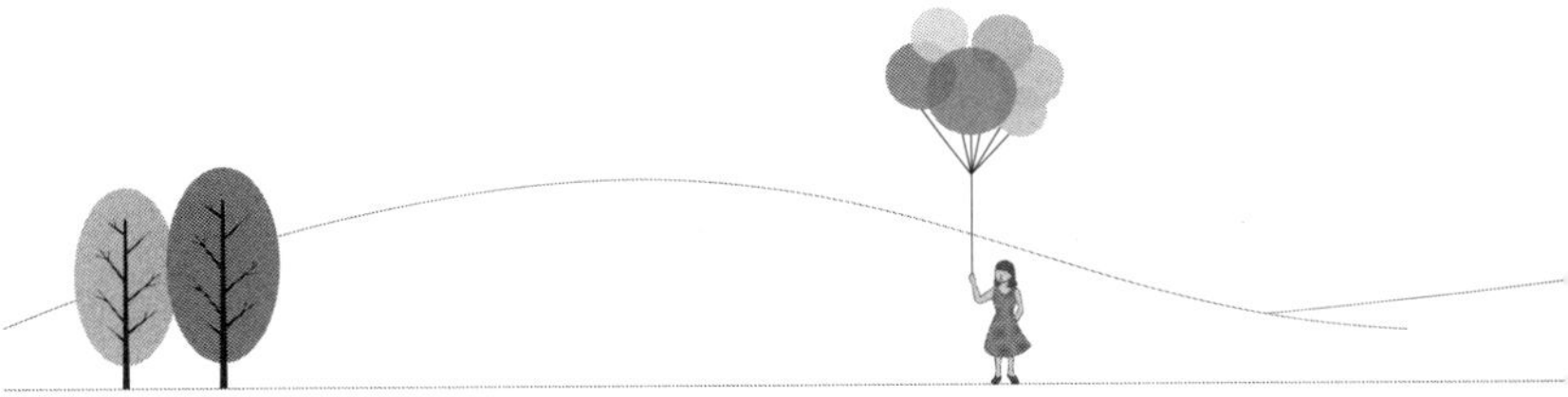

二章　つい忘れてしまう大切なこと

〈かけがえのない自分を大切に〉

自分らしいのがいちばん　36
支えてくれる人がきっといる　38
人間だからいろいろあって　40
宗教者も「先生」も人間だ　42
まずは自分を好きになって　44
家族は家族、私は私　46
北海道愛 日ハム日本一で実感　48
解決できない問題なんてない　50
自分の良さありのままに　52
依存症〝家康マインド〟で　54
「心のワクチン」試して　56
友がみな われよりえらく…　58
「人を診る」診察 原点再認識　60
自分を認められるように　62

〈こころとからだを大切に〉

明るく治療に向きあおう 64
早寝早起き、運動で前向きに 66
便利な生活 体には不自然 68
心の調子 米大統領選でダウン 70
つらい記憶は眠らせる 72
高まりつつある漠然とした不安 74
疲れは「休もう」のサイン 76
健康法 苦痛なら逆効果 78
新年度でも頑張り過ぎないで 80
負の感情解き放つ〝実況中継〟 82
「悲しみ」から気付くこと 84
ダイエット ココロは満腹に 86
別れを悲しむ気持ち 大切 88

三章 人にやさしく

心を込めて「おだいじに」 92

「本当の親切」つなげよう　94
人間、みんな本当は善い人　96
理解されにくい「つらさ」　98
「大丈夫?」の一言 誰かを救う　100
寄り添うことが「心の薬」に　102
「幸せのおすそわけ」を忘れない　104
弱者の困難にどう向き合う　106
「やさしさ 減るもんじゃない」　108
困った子どもの気持ちに寄り添って　110
人助けする人にこそ支援を　112

四章　ときには声をあげる

「接待係は女性」意識変えて　116
インフルエンザでも休めない　118
男も女も自分らしい人生を　120
「コミュ障」評価は時代で変わる　122

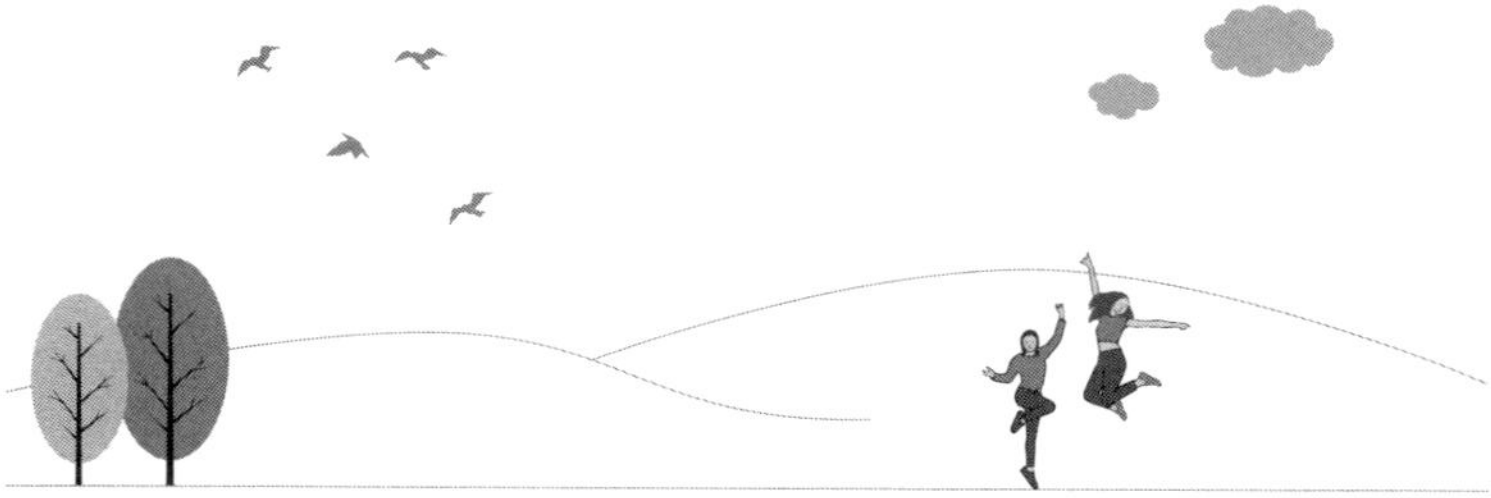

「若さ」がすべてではない　124
あくまで定時勤務が基本 忘れないで　126
命は平等 説明は必要ですか？　128
プライバシー もっと大切に　130
学びたくてもできない学生たち　132
全ての若者に平等なチャンスを　134
家族のことでも助け求めて　136
からだのデータは個人情報　138
「心の復興」も忘れないで　140
ネット書き込み警戒 嫌な緊張感　142
議員こそ他者のための人生　144
日本の平和と安全 守られる？　146
子育て相談 気軽にできる環境を　148
体罰は実力につながらない　150
介護Uターン、その後どう充実　152
ハイテンションな政治家たち　154
苦しみわかるリーダーこそ　156

一章

人生だから いろいろあって

苦手な人の「よいところ」

私は診察所での診察だけではなく、企業の保健室で従業員の健康管理を行う産業医という仕事もやっている。健康診断といっしょに行われる「ストレスチェックテスト」の分析などをしているのだが、ときどき従業員が相談に来ることがある。そのほとんどが「人間関係の悩み」だ。

上司にわかってもらえない、同僚と相性が悪い、部下と会話がかみ合わない、などなど。同じ職場で長い時間をいっしょにすごす人とうまくいかないのは、誰にとっても相当なストレスになる。とはいえ、すぐに配置換えをしたり、別の部署に異動してもらったりもできない。「まあ、そこは仕事なのだから割り切ってつき合いましょう」などと、あいまいなアドバイスをすることも少なくない。

では、職場の人間関係をうまく乗り切るコツはない、ということなのか。それもまた違うと思う。私たちは、「この人、苦手だな」といったん思ってしまったら、その人の話すことや、やることすべてが気にさわり、ますます悪い印象を強めていく傾向がある。

それを防ぐためには、なるべく前のことは忘れ、ひとつひとつの仕事ごとでその人とつき合うようにするのだ。そうすると、「このあいだの会議での発言はイヤな感じだったけれど、今日の会議ではけっこういいこと言ってたじゃない」と、〝今日はマシ〟と思えることも出てくる。「何から何まできらい」から、「よいところもイヤなところもある」に変わるだけで、こちらのストレスも相当、減るはずだ。

苦手な相手こそ、なるべくその人の〝よいところさがし〟をして、そこに目を向けてつき合う。それは相手のためだけでなく、自分が働きやすくするためでもあるのだ。ちょっと試してみてほしい。

願望、欲求を元気の源に

毎年の秋の楽しみは、和食の店に入って「秋の味覚、入りました」という貼り紙を目にすることだ。きのこ、栗、サンマなど、秋はおいしいものがいっぱいだ。

かつて北海道の病院に勤めていたとき、この季節になると「落葉《らくよう》きのこ」を採って持ってきてくれる患者さんがいた。その人はうつ病で長年、通院していたのだが、「きのこの季節になるとなぜか元気が出てきて家にいられなくなり、山に採りに行きたくなるんですよ」と話してくれた。「きのこってすごい。どんなクスリよりも効果があるんだな」と感心したことを思い出す。

私たちは毎日の生活の中で、「これがほしい」「あそこに行きたい」

といろいろな欲求を持つ。しかし、あれこれとほしがりすぎることは「わがまま」と言われ、「がまんしなさい」と注意されることもある。

もちろん、手に入らないものを求めすぎるのはよくないが、「きのこ狩りや栗ひろいに行きたい」「紅葉を見てみたい」といった願望は、ときとして私たちを元気づけ、ちょっとした病気も吹き飛ばしてくれることがあるのだ。診察室でも「映画が見たいけど、この病気が治ってからですね」などと話す患者さんには、「いまならきっと行けます。行きたいときに出かけたほうがいいですよ」とすすめることがある。

願望や欲求ってぜいたくでもわがままでもない。生活を活気づけ、ときとして生きる目標にもなるのだ。私は秋には、この季節にしか売られていない栗きんとんを食べたいと思うようにしている。早速、次の日曜に買いに行こうなどと思うと、自然に笑顔になってくる。

さて、この季節、あなたが「したいこと」「食べたいもの」は何だろう。少しくらい「わがままな時」をすごしてほしいと思う。

ほどほどのシニア難しい

週刊誌の芸能ページを眺めていたら小柳ルミ子さんがサッカー解説者としても活躍している、という情報が出ていて驚いたことがあった。

私の世代にとっては「瀬戸の花嫁」など日本情緒をしっとり歌い上げる名歌手のイメージが強いルミ子さんだが、その後、得意のダンスを磨き、60代になったいまも歌と踊りのショーで人気だと聞いていた。記事によると、ルミ子さんがサッカーに目覚めたのは15年ほど前で、いまではネット中継などを利用してなんと年間２千試合を観戦、記録ノートも１００冊を超えるという。

50代になってから新しいことをはじめ、60代になってからその道のプロとしてデビュー。そんなことができるのだな、とちょっと感動した。

一方で、ファッション雑誌の編集者と話していたら、「私たち、読者に〝いつまでも若く、いつまでもきれいで〟と強要してませんかね」と言われた。読者にはまじめな人が多く「いくつになっても老けてはいけない」と雑誌に書かれた美容法やダイエットを実践しているのだが、中には「もっとやらなきゃ」と自分を責めたり疲れたりしている人もいるのだそうだ。

年齢にこだわらず、いつまでも新しいことにチャレンジする生き方がよいのか。それとも、年齢にさからわず、あまり無理をしない生き方がよいのか。高齢化社会と言われているが、その答えはまだ出ていない。「ほどほど」がよいとはわかっていても、それもまたむずかしい。私としては、いつまでも若々しいルミ子さんにあこがれつつも、自分自身は「流れにさからわない」というシニアライフで行こうかな、となんとなく思っている。

失敗、挫折こそ幸せの生みの親

毎年、2月も中旬がすぎると、診察室はいつも以上に落ち着かなくなってくる。子どもの受験の結果が出たり、仕事の異動の内示があったりと、変化の時期がやって来るからだ。

もちろん、「うれしい変化」もある。「合格」「採用」という言葉をうれしそうに口にする人を見ると、こちらも「よかったですね！」と笑顔になる。しかし、人生には「うれしくない変化」「悲しい変化」もいっぱい。「昇進試験に不合格でした」「プロポーズしたらフラれました」などと言って肩を落とす人も少なくない。

私は、その「マイナスの変化」を経験した人に言う。「いや、まだ悲しむのは早いですよ。何年か先には〝あのとき失敗してよかった〟と思う日だって来るかもしれないじゃないですか」。私自身、大学入試では第一志望に不合格で、実は受かったのはあまり気が進まなかった医療系大学だけ。「本当は医者になりたくなかった」などと言うと怒られそうだが、学生時代は「自分は失敗者」とずっと思い込んでいたのだ。

しかし、あれからもう30年以上。今では、「あのとき第一志望に入っていたら精神科医にはなれなかったんだ。これでよかった」と心から思う。ほかにも長く生きていれば、失敗、挫折と思ったことがきっかけでその後、良い出会いやチャンスにめぐりあった経験などいくらだってある。

そう、まさに「災いを転じて福となす」。そんなことを診察室で言うと、「ショックです」と涙を流していた相談者も、「先生、ことわざを持ち出すなんて医学的じゃないよ」と吹き出す。そんなとき、私はまじめな顔で言う。「これは医者としてではありません。50年以上生きてきた人生の先輩として言っているのです」。そう、失敗や挫折こそハッピーの生みの親。私は本気でそう思うのだ。

自分の定年は自分で決める

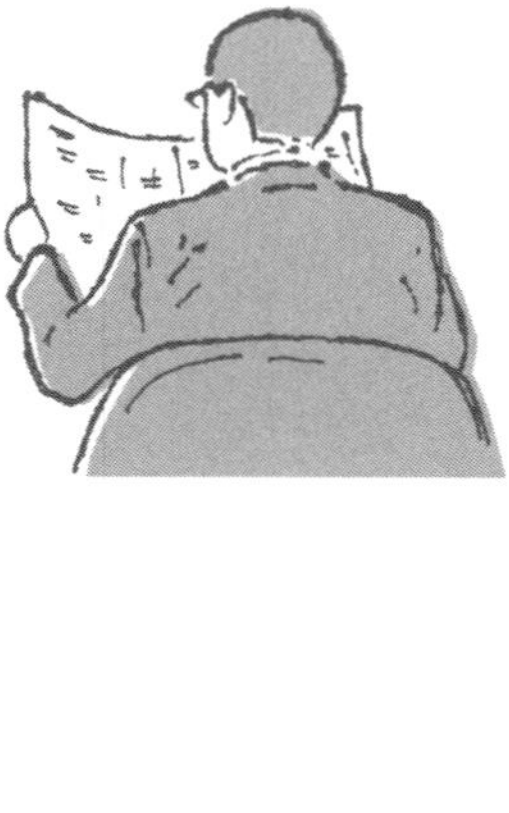

一般の会社の定年は、60歳だ。最近は定年の年齢を引き上げたり継続雇用制度を取り入れたりして、ほとんどの職場で65歳まで働ける仕組みができつつある。私がいま勤務している大学も、定年は65歳。いま私は58歳なので、「あと7年か。長いような短いような」とときどきふと〝職場での残り時間〟を意識する。

ところが選挙となると、65歳どころか70代、ときには80代の人までが立候補することがある。「もう少しみなさんのために働かせてください！」と元気いっぱいに演説する高齢の候補者たちを見ながら、「この元気はどこから出てくるのか」と驚くことも少なくない。

ただ、「年齢と元気」には個人差がとても大きい。診察室で会う中には、「60歳までとても働けない」と早期退職を選択する50代の人もいる。また、誰もが元気なかぎりいつまでも働かなければならない、というのも間違いで、「いまは健康だし会社には継続雇用制度もあるけれど、仕事は60歳で終えてあとは自分のために時間を使いたい」という人がいてもいいはずだ。

もちろん、80代、90代でも「働きたい」と願う人がいるなら、それが実現できるような社会にすることも必要だ。政府が掲げる「一億総活躍社会」には、高齢者も当然、含まれているだろう。ただ、「何歳まで第一線で仕事をするか」は、人それぞれ、自分のからだやこころと相談しながら決めればよいこと。「あの人は私より10歳も年上なのにまだ働いている、それに比べて私は」などと比べて引け目を感じる必要は、まったくない。

自分の定年は自分で決める。ひとはひと、自分は自分。こんなふうに考えてみてはどうだろう。

繰り返しの日々　何を学ぶ

夏にはあんなに「暑い」となげいていたはずなのに、9月や10月になると「冷えるね」などと言い出して夏が恋しくなる。毎年のこととはいえ、自分の身勝手さに苦笑してしまう。

しかし、これは実は「毎年のこと」ではない。人間いつかは老いて命の終わりを迎え、「夏の暑さは越えたが冬は迎えられなかった」というときがやって来る。そう考えるとそのときだけは、「この空気の冷たさもありがたい」などと殊勝なことを思うが、それも長く続かず、すぐ「ずいぶん寒いね。これから冬が来るのはいやだな」などと言い出すのだ。

この「同じことの繰り返し」で「せっかく学んだことも長続きし

ない」のが人間だ、と言えばそれまでだ。ただ、それではあまりに進歩がなくて悲しい。そのためにも「歴史に学べ」「過去の失敗に学べ」と少しでも私たち自身や世の中が成長するよう、自分に言い聞かせ続けなければならない。

この頃、やたらと「前向き」という言葉が流行り、過去は振り返らずにとにかく未来を向いて進もう、というムードが高まっている。学校で職場で、そして社会でさえもそうだ。もちろん、いつまでもすぎたことにとらわれ、クヨクヨするのは心の健康に良くない。とはいえ、「昔は昔。振り返るのはカッコ悪い」というのも違うと思う。

どんなときに前を向くのか。どんなときには後ろも振り返るべきなのか。診察室でも患者さんの悩みに向き合いながら、そのポイントを見きわめることこそが解決につながる、といつも思う。あなたにとって、「忘れたほうがいいこと」は何で、「記憶にとどめ続けなければならないこと」は何ですか。深まりゆく秋の日々に、それぞれがちょっと考えてみてはどうだろう。

受験の結果が全てじゃない

大手学習塾が主催する夏期合宿で、参加した生徒約340人分のスマートフォンや財布などを紛失するという事件が起きたことがあった。驚いたのは、例年、小学生から高校生まで1万人を超す参加者がいるということだ。

テレビでこれまでの合宿の映像が流れたのだが、いわゆる「体育会系」が特徴だそうで、ハチマキを巻いた子どもたちが大声で「絶対に合格するぞ！」と叫んでいた。

夏休みの数日、目標に向けて仲間たちと必死に勉強するのは、もちろん有意義なことだと思う。ただ、受験には合格者もいれば不合格者もいる。一生懸命、勉強したのに志望校に入れなかったという子どもも当然いるだろう。

診察室にはときどき、そんな「かつて夢破れた経験を持つ人たち」がやって来る。いまは社会人や主婦としてきちんと生きているのに、「すごく期待されていたのに高校受験に失敗しちゃって」というのをいつまでも挫折感、敗北感として引きずっているのだ。

合宿で「絶対に合格するぞ！」と声を合わせて叫ぶ子どもたちには「でも受験の結果が全てじゃないよ」と伝える役の大人もいるのだろうか。

「いや最初から不合格でもいいんだ、などと教えるとやる気が下がってしまう」という意見の方が多いのかもしれない。しかし、やはり子どもにはどこかに逃げ道があること、結果が全てではないことも示しておいてほしいと思うのだ。

精いっぱい、がんばって。でも、がんばれなくても、良い結果が出なくてもいいんだよ。こんなメッセージを受験生たちにうまく伝える方法はないものか。

無理しないで頑張って

　ときどき雑誌の取材を受けることがあるが、メインの話が終わってから編集者らと雑談する中で〝お悩み相談〟のような話が自然と始まることがある。私が精神科医ということもあって、それまでの取材がどうしても心の病やからだのトラブルに関したことが多いからだろう。とくに編集者やライターが女性の場合、そんな話になりがちだ。

　いつも思うのは、マスコミで活躍しているこの人たちも、心や生活の内側をちょっとのぞけばいろいろたいへんなんだな、ということだ。自分が持病を抱えていたり、シングルマザーで子育てに苦労していたり、親の介護をしながらファッション雑誌の編集を行い、「自分が髪をふり乱しながら流行の洋服の記事を書くわけですから、おかしいですよね」と苦笑したりする人もいる。

しかし、その人たちもそうやって自分のことを語り出すまでは、どこからどう見てもキリッとした仕事人間。「イキイキしていてやりがいのある仕事をこなして、こんな人には悩みなんてないだろうな」と見えるタイプだ。『人は見た目が9割』（竹内一郎、新潮新書）という本がベストセラーになったこともあったが、その逆、「人は見た目によらない」も真なのだ。

きっと外を歩いて見かけるあの人も同じなのだろう、といつも思う。完璧なメイクやファッションに身を固め、さっそうと歩いているあの女性も、心の中には大きな悩みを抱えて泣きそうな気持ちをおさえて、がんばっているのかもしれない。元気いっぱいの人を見ると「なぜ私だけがつらいのか」とボヤきたくなることもあるが、実は〝中身〟はそれほど違わないのだ。

ひと通り自分の苦労を話した編集者たちは、「すみません、話しすぎました」と笑顔を見せて帰って行く。いつもその後ろ姿に「がんばってね、でも無理しないで」と声をかける私だ。

ごはんがおいしい 今日はマル

12月に入ると、診察室にやって来る人たちの顔が一段と暗くなる気がする。そろそろ「今年一年」を振り返る時期だからだ。「体調の悪さとつき合ううちにあっという間にすぎました」「今年はうつ病で病院通いすることになったし最悪ですね」など、一年のまとめとして暗い話をする人が多い。病院なのだから、あたりまえかもしれないが。

しかし、ちょっと考えてみよう。診察室でそれを語っているということは、とりあえず通院するだけの体力、気力はあるということ。「今日、お昼ごはん食べましたか」「はあ、一応。この病院の近くのうどん屋さんに行きました」「おいしかったですか」「まあまあでしたね」。そんな会話を交わした後、私はおもむろにこう言う。「とりあえずここまで来られるくらいには健康で、お昼にはおいしいうどんも食べた。今日はハッピーな一日だったじゃないですか。ということは、今日までの一年もけっこうハッピーだったのですよ」

　中にはきょとんとしている人もいるが、思わずクスリと笑う人も少なくない。「うどんがおいしければハッピーですか。まあ、そう言われればそんな気もしてきました。昨年はさらにひどい年で、うどんを味わう余裕もなかったのですからね」。

「生きてるだけで合格点」、これが私自身の〝座右の銘〟だ。ずいぶん自分に甘いと言われそうだが、このたいへんな時代、毎日を生き延びるだけだって実はたいへんなこと。そんな中で日々を必死に暮らし、たまには「ああ、おいしい」と食事ができたりテレビでスポーツ観戦して歓声を上げたりできたなら、十分「よし、今年はよい年だった」と自分にマルをつけてもいいのではないだろうか。あなたにマル、私にマル。そんな気分で12月もすごしたい。

必ず晴れの日はやって来る

この夏は全国的に天候が不安定だった。大雨による土砂崩れや浸水などの被害もあちこちで起きた。

猛暑での熱中症も怖いが、不安定な気候も心身にさまざまな影響を与える。とくに今年は、診察室で「からだがだるい」「耳鳴りやめまいがひどい」と訴える人が多かった印象がある。

これは「天気がグズグズしていると気が晴れない」という単なる思い込みの問題なのであろうか。どうもそうも言えないようで、内科医や耳鼻科医の中にはぜんそくや頭痛、メニエール病の発作と不安定な天候には関係がある、と考えて研究している人もいる。その医師たちによると、前線の通過に伴う気圧の変動や温度の急な下降がとくにからだに影響を与えるとのことだ。

精神科の診察室に「お天気が安定しないせいか最近、体調が悪くて」と訴える患者さんが来たときは、いつも用心してしまう。「天候と体調には密接な関係があるんです」と強調しすぎると、その人たちは天気予報を見ては「また低気圧だ」と心配をつのらせ、不安からさらに不調に陥ってしまう。かといって「天気と体調？　関係あるわけないですよ」と頭から否定すると、心が傷ついてそれが体調不良の原因にもなりかねない。いつも「なるほど、温度や気圧が体調に影響するという説もありますからね。でもあまり心配しすぎずに〝またいつか晴れるさ〟くらいでいきましょう」と笑って励ますようにしている。

どんなに大雨が降っても雷が鳴っても、必ずまた晴天の日はやって来るから大丈夫。診察しながら「きっと人生だってそれと同じだよね」と心の中でそっとつぶやくこともある。

人の心がわり 大目に見て

冬のあいだは「早く暖かくならないかな」と思っていたのに、気温が高くなってくると今度は夏の猛暑が心配になってくる。われながらまったくワガママだ、と思う。

寒暖だけではなくて、時間についても同じだろう。イヤな仕事をしているときは「ああ、早く夕方になって終わらないかな」と願うのに、楽しい時間はいつまでも続いてほしい、と祈ってしまう。もし神様がいたとしたら、「いったいどっちなんだ！ はっきりしてから頼んできてくれ」とあきれるに違いない。

しかし、そうやって気持ちが変わったり、矛盾した考えを持ってしまったりするのが、人間というものなのだろう。考えてみれば私たちの人生、「あのときはこう思ったはずなんだけど、今になるとまったく違うよ」と思うことの繰り返し。もちろん、自分だけではなく、まわりにいる人たちも同じだ。

それなのに、私たちはなかなか、自分以外の人たちの変節、心がわりに寛大になれない。「あのとき言っていたことと違うじゃない！」とイライラして、身近な家族や友人を責めてしまうこともある。

もちろん、政治家や社長などのリーダーたちが考えや発言をコロコロ変えるのは困る。ただ、ふだんの暮らしの中では、自分やまわりの人たちの心がゆらゆら揺れたり、ときには大きく変わったりすることをもう少し大目に見て、ときには「人っておもしろいね」と楽しむゆとりがあってもいいのではないだろうか。私も昔はイヌ派だったが、いまはすっかり〝ネコのお母さん〟。「いいんじゃないの？」と笑ってほしい。

二章

ついなれてしまう
大切なこと

かけがえのない自分を大切に

自分らしいのがいちばん

長いつき合いの同世代の女性の友人たちと食事をした。50代後半ともなると、「親の介護」と「自分の健康問題」とふたつを抱えている人が多い。ただ、その他となるとみなバラバラ。ずっと独身でこれから結婚の予定という人もいれば、孫が小学生という人もいる。

見た目もいろいろで、白髪染めをやめたとグレイのショートカットで登場した人、「ジムで筋トレしている」と力こぶを見せてくれる人、「やっぱりピンクはやめられない」と若い頃と変わらないファッションの人もいる。でも誰も、「あなたの年齢でそれはおかしい」とか「もっとこうすべきだ」と注意したりはしない。「人はそれぞれ、自分らしいのがいちばん」と思い、認め合っているのだ。

若い頃もこれくらい自由にできたらよかったのに、と思う。20代のときは、このメンバーで集まっても「この人はいまどんな仕事なのか」「誰が次に結婚するのか」「自分だけ洋服のセンスがずれているのでは」などと、お互いに意識し合っていた気がする。誰かに「みな同じにしなさい」と言われていたわけでもないのに、「自分だけ違っていたり目立ったりするのはいけない」と思っていたのだ。いま考えるとちょっときゅうくつだった。

私は大学の教員もしているが、学生の中にも「まわりに合わせなければ」と思い込み、自分の個性を抑えている人がときどきいる。そういう学生にはなるべく、「あなたのいいところはここなんだから、遠慮しないでやってみれば」と自分らしさを発揮できるよう、声をかけることにしている。

「みんなちがって、みんないい」と言ったのは詩人の金子みすゞ。目立っていいんだよ、違っていいんだよ、とこれからも若い人には伝えたい。

かけがえのない自分を大切に

支えてくれる人がきっといる

ときどき「健康を考えるつどい」などで講演をした後、話を聴いてくれた人が「どうしてもききたいことがあって」と質問に来ることがある。限られた時間なので十分には答えられない、と前置きをしながら話してもらうと、その多くは「自分のことではなくてほかの誰かのこと」。「兄が引きこもりなのだがどう接すればよいか」「うつ病の部下が来週から職場復帰するのだが注意点は」といった話が多い。

もちろん、くわしい状況はわからないので、こちらは一般論を簡単に答えることになる。「腫《は》れ物にさわるように扱うのはかえって相手も傷つくから、あくまでふつうに接するのがよいですよ。その中で、〝何か私にしてあげられることがあったら言ってね〟とさりげなく伝えてはどうでしょう」。そんなあたりまえの答えでも、「やってみます、ありがとうございました」とお礼を言ってくれる。

ひきこもりだったり、うつ病で会社を長く休んだりしている人は、もしかしたら「誰からも必要とされていない」と孤独感を抱いているかもしれない。しかし、こうしてその人たちのために、わざわざ講演のあと講師に質問してくれる家族や上司がいるのである。

これは誰でも同じこと。自分の知らないところで心配してくれている人、そっと支えてくれている人がいても、私たちは意外にそれに気づかずに「私だけひとりぼっち」などと思いがちだ。春が来たけれどなんだか寂しい気持ちでいる人は、自分に言い聞かせてみてはどうだろう。「私にも、私の知らないどこかで私のことを案じてくれている人がいるかもしれない。私が気づいてないだけかもしれない」。たぶん、それは間違っていないと思う。

かけがえのない自分を大切に

人間だからいろいろあって

久しぶりに会う友人が、共通の知人が最近、離婚したと教えてくれた。仕事の上でも人間的にも尊敬していた人だったのでちょっと驚いたが、友人と「人間だからいろいろあるよね」と言って、それ以上の詮索をするのはやめた。

「人間だから」ですべてをすませてしまうことはできないが、精神科の診察室にいるといつもその言葉が頭に浮かぶ。マジメそうな人が大きな秘密を抱えていたり、仲良し家族に見えても心の中ではいがみ合っていたり。「生きていればいろいろあって当然だよね」としか言いようがない。

ベテラン女性議員が離婚を発表、というニュースを目にした。首相官邸を出てきたところを記者に囲まれ質問攻めにあったが、「ここでプライベートな話は」と答えなかったという。政治家としていくらがんばっていても、それと夫婦の問題は別だ。いつもはっきりした口調の彼女が記者への答えに詰まる様子を想像し、「公人とはいえ気の毒だな」と思った。

人には誰でも、あまり言いたくないこと、知られたくないことがある。最近は「なんでもはっきりさせるべきだ」と迫る風潮もあるが、能の大家である世阿弥《ぜあみ》は「秘すれば花」と言った。私自身には、個人的なことについてあれこれ質問されたときに「沈黙は金、秘すれば花ですから」と意味ありげに微笑んでかわす、といったワザはまだない。でもせめてまわりの人たちに対しては、もしプライベートに関する何らかの情報を耳にしても、「ま、人間だからいろいろありますよね」と余裕の笑顔でそれ以上、追及しない、という態度でいたいものだ。

かけがえのない自分を大切に

宗教者も「先生」も人間だ

立て続けにお寺のお坊さん、教会の牧師さんと話す機会があった。偶然にも出た話は、「いろいろな人たちから悩み相談をされる機会が多くて、なかなかたいへんです」ということ。宗教の教えを学び、さとりを開いた人のように思われることもあり、相手は「ありがたい答え」を待っているのだという。

たしかに私も、お坊さんや牧師さんと言えば、仏や神の世界に通じていてどんな難問にも答えを出してくれるはず、と期待してしまうかもしれない。「でも、私自身もあたりまえの生活を送っている悩み多き現代人なんですよね」とあるお坊さんは笑いながら言っていた。よく考えてみればその通りだ。それなのに、宗教者の中には「みんなの期待にこたえなければ」と気負いすぎ、疲れきってうつ病などになる人もいるそうだ。

私も若い頃は、「頼れる医者だと思ってもらわなければ」と患者さんの前でムリをしていたことがある。「あなたの問題はなんでしょうね。医学的に答えが出るものじゃないかも」などと「わからないことはわからない」とはっきり言えるようになったのは、ごく最近のことだ。

一般的に「先生」と呼ばれる人は誰でも、自分を立派に見せなければ、というストレスを抱えがちなのではないだろうか。もちろん、それが自分の緊張感を保つエネルギーになる場合もあるが、自分がつぶれてしまったり、その分、身近な家族にあたってしまったりしてはなんの意味もない。お坊さん、牧師さん、弁護士さんに学校の先生。「私だって人間だ。できないことだってある」と認め、肩の力を抜いてほしいと思う。

かけがえのない自分を大切に

まずは自分を好きになって

「自分の見た目」がまったく気にならない、という人はまずいない。顔だちやメイク、髪型、服装、体型などなどを、私たちは日々、鏡や写真でチェックしている。「身だしなみに気をつける」というのは大切なマナーであることはたしかだろう。

しかし、中には見た目を気にしすぎて、心のバランスを崩してしまう人もいる。小さなニキビが顔にできただけで、「みんながそれを見て笑っている」と思い込み、外に出られなくなる人。「太りすぎと思われないようにダイエットしなきゃ」と決意して極端に食事を減らし、健康を害してもまだやせ続けようとする人。そういう人たちがときどき家族などに連れられて診察室にやって来るが、「気にしなくてだいじょうぶですよ」と説明して納得してもらうのはむずかしい。

スーパースターのマイケル・ジャクソンも自分の見た目にこだわりすぎ、美容整形手術を繰り返して、ついには心とからだがボロボロになって死に至った、と言われている。誰もが「マイケルのダンスは世界一！」と思っていたのに、自分に自信を持つことができなかったのだろう。悲しい話だ。

見た目を気にしすぎないようにするためには、親や友人など身近な人からの「そのままのあなたで十分」といったほめ言葉も大切だが、まずは自分で自分を好きになることが大切だ。「私はちょっとぽっちゃり体型だけど、これがけっこう魅力だと思う」とちょっと自信過剰になるくらいでちょうどいい。そうすると表情が明るくなるので、まわりの人も「ステキな人だな」と思ってくれるはず。

この春は、まず自分の見た目を好きになる。そこから始めてはどうだろう。

かけがえのない自分を大切に

家族は家族、私は私

国会での答弁がきっかけで、「総理夫人」は公人なのか、私人なのか、といった議論が起きた。「専任のスタッフもいるのだから公人だ」と言う人もいれば、「結婚した相手がたまたま公職についただけなのだから、本人は私人だろう」と言う人もいる。議論の本質からははずれるが、重要人物の配偶者は苦労が多いな、と少しばかり同情したくもなる。

診察室にも、「経営者の妻」や「学者の娘」などが、世間からの注目から来るストレスにたえられなくなってやって来る場合がある。その人たちは、「あの偉大な社長の家族なのだから立派で当然」と

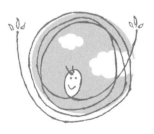

いった目で見られ、気が抜けないという。あるいは、いつも「お父さんはすごい人ね」とうらやましがられるが、家庭でのだらしない姿なども知っているので素直にうなずけず、どう答えてよいかわからなくなる、と話してくれる人もいる。

本当はその人たちも、「家族は家族、私は私」と言いたいだろう。とはいえ、家族が社会的に高い地位についてがんばっているなら、いろいろな方面から手伝ってあげたい、という気もするはずだ。「自分勝手に振る舞うべきか、はたまたサポート役に回るべきか」と気持ちが引き裂かれるのだ。

「総理夫人」が公人かどうかの議論は別として、「立派な家族」のプレッシャーに悩む人には、診察室では「自分に戻る時間も大切に」と話す。「あの人の家族」という肩書きがなくてもつき合える昔からの友人や趣味の仲間を大切にして、と伝えることもある。たまには「誰でもない私」に戻ってリフレッシュしてこそ、また「よし、社会でがんばるお父さんを支えよう」という元気も戻ってくるのだ。家族は家族、私は私。それが基本だと思う。

かけがえのない自分を大切に

北海道愛 日ハム日本一で実感

２０１６年、北海道日本ハムファイターズが見事、日本シリーズを制覇した。その時の思い出話を書こう。ちょうど札幌出張の予定があった私は第５戦のチケットを入手して、サヨナラ満塁ホームランでの勝利に歓喜した。

対戦した広島カープもファイターズも、地方に本拠地があり、それぞれの地元で愛されている球団だ。なんでも「東京中心」のいま、とてもすばらしいことだと思う。ファイターズはＳＮＳで「北海道が日本一になりました！」と発信しているのを見て、もちろんすごいのは選手や監督だとはわかっていながらも、北海道出身である自分までなんだか自信がわいてくる気がした。

私は日ごろ「行きすぎた愛国心は危険」と主張しているので、ファイターズファンだと言うと「矛盾している」と批判されることもある。でも、それは違う。ファイターズはすごい、北海道は最高とは思うが、だからといって「ほかの球団は全部きらい」とか「地元チームが活躍して地方の人たちはダメ」などとそれ以外を否定しているわけではない。栗山監督も優勝インタビューで、カープファンを讃え、カープとの試合で多くを学んだと話していたが、まさにその通り。きっとそれぞれの地域の人が「ウチのチームがいちばん」「私の地元は最高」と思っているのだろう、と想像してうれしくなってくる。

ファイターズの応援を通して、自分は北海道出身あるいは在住なんだ、とあらためて気づき、〝北海道愛〟に目覚めた人も多いはずだ。その人たちはきっと、「それぞれの人たちが〝地元愛〟を持ってるんだな」とほかの地域にも目が向いただろう。これからも、ファイターズはもちろん、いろいろな地域のチームにおおいに活躍してもらいたい。

かけがえのない自分を大切に

解決できない問題なんてない

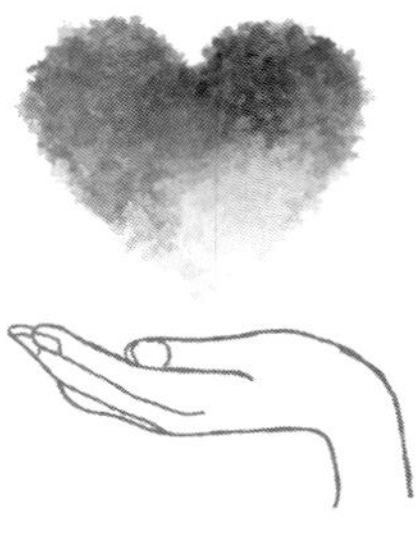

いろいろな問題が山積みの日本だが、その中でも深刻なのが子どもや若者の自殺の多さ。15歳から39歳までの死因の1位が自殺だ。最近も広島で中学生が、万引きしたとの勘違いで学校に高校の推薦を断られて自殺する、という悲惨なできごとがあった。

いまおとなの人たちは、子ども時代を思い出してみてほしい。今から考えると本当にささいな親からの叱責、友だちからのからかいなどが心に突き刺さり、「もうダメだ」と落ち込んだことはないだろうか。私は、小学3年のとき担任の先生のちょっとした陰口を言ったことがあったのだが、ある友だちがそれを先生に伝えてしまった。先生から「聞きましたよ」と言われたときは、目の前が文字通り真っ暗になり、人生が終わった気がした。今なら「えー、あれ冗談だったのに。ごめんなさい」と謝るところだが、子どもにとっては「先生からきらわれたらおしまい」と思えたのだ。

おそらく、自ら命を絶つ子どもたちも、「もう解決の方法はない」と思い詰めてしまうのだろう。あるいは、何かで傷ついたら「これが一生、続くに違いない」と思ってしまうのだ。

若者や子どもには、「解決できない問題なんてない」と伝えたい。また、一度、悲しい思いや悔しい思いをしても、その気持ちは必ず時間とともに今より薄れていく。「もうダメだ」などと思わないでほしい。

まわりのおとなたちも、「どんな問題にも出口はある」「何かあったら相談してね」と繰り返し伝える必要がある。みんなそろって元気に成長してほしい。そう思わないおとなはひとりもいないはずだ。

かけがえのない自分を大切に

自分の良さありのままに

大学で授業もしている私だが、就職活動を控えた3年生から「自分のプレゼン（注・宣伝のためのスピーチ）の仕方を教えてください」と言われた。就職試験の面接では、「私はほかの人とは違う」「こんな長所がある」とアピールしなくてはならない、という。

私に相談してきた学生は、ふだんは控えめな笑顔がまわりをなごませるやさしい学生だ。「そのままでいいんじゃないの？」と言うと、「もっと面接官に個性を印象づけないとダメなんです」と困った表情になった。つまりは、「明るく前向きで社交的な人」と思ってもらわないといけないのだそうだ。私が「でも、陽気で元気な人ばかりだとそれは個性にならないよね」と素朴な疑問を口にすると、彼女は真剣に「まずは明るさが基本で、その上にちょっとした個性をつけ加えるとベストです」などと言い張った。

もちろん、一回だけの面接となると、クヨクヨしそうな人よりも打たれ強く元気な人を採用したいと思うのかもしれない。しかし、控えめだったりおだやかだったりするのが長所である人までが、がんばって〝前向きキャラ〟を演じなければならないというのもおかしな話だ。また会社にとっても、一様に同じような新人をそろえるよりも、さまざまな性格や個性の持ち主がいるほうがずっと活性化するのではないだろうか。

最近はテレビのバラエティー番組にも、「明るく元気」とは言えないようなおっとり、内向き、毒舌などさまざまな個性のタレントが出てきて人気を得ている。それをそのまま現実の生活にあてはめることはできないが、来年こそはみなあまりムリをしすぎずに、「私のよさは無口で思慮深いところかな」などとそれぞれの良さを認めたいものだ。私も相談に来た学生に、「もっと自分のやさしさ、静かさに自信を持ってね」と繰り返し伝えたいと思っている。

かけがえのない自分を大切に

依存症 〝家康マインド〟で

最近、診察室でアルコールや薬物などへの依存に苦しむ患者さんに会う機会が続いている。しかも、会社の課長や若い女性、主婦などそうは見えない人ばかり。依存症はじわじわと広がっているのかもしれない。

その人たちに対して「お酒はからだをこわしますよ」などと脅しても、効果は期待できない。そんなことは百も承知なのについ手が出てしまう、というのが悩みなのだ。本当にやめるには、たとえばお酒をやめたい人たちの集まりである「断酒会」のミーティングに参加するなどグループの力を借りるのがよいのだか、すぐに「行ってみます」とはならない。

診察室では、その人自身、心から「なんとかお酒や薬をやめたい」という気持ちになってもらえるよう、「動機づけ法」と呼ばれる面接を行う。自分の中にある「これ以上は飲みたくない、でも飲みたい」という矛盾に目を向け、「飲みたくないという気持ちを実行するにはどういう方法があるかな」と自分の力で考えてもらう。治療者は、本人が自分の気持ちに気づいて「こうしてみます」と決められるよう、道案内役をするだけだ。

本当の意味で「やめよう」という動機を持てるようになるまでには、かなりの時間がかかる。こちらもイライラしてつい、「このままだと仕事も家庭も失いますよ」などと〝脅し戦法〟に出たくなる。しかし、その効果は一時的だとすでにいろいろな研究でわかっている。

「鳴かぬなら鳴くまで待とうホトトギス」と言ったのは徳川家康だったとか。ほんのちょっとだけ背中を押して、あとは本人がその気になるのを忍耐強く待つ。この〝家康マインド〟が必要とされるのだ。

かけがえのない自分を大切に

「心のワクチン」試して

「私って女だから計算が苦手なんだよね」「北海道出身なんで夏の本州で仕事するとミスしそう」。こんな思い込みに縛られて、結局、自分が言った通りに失敗してしまう。そんな経験はないだろうか。

　これは実力不足ではなくて、「きっとダメに決まっている」というとらわれの結果だということが、心理学の研究でわかっている。性別や出身などに関する偏見をちょっと気にするだけで、学業や仕事、試合などで実力が出せなくなる場合があるのだ。専門用語では「ステレオタイプ脅威」と呼ばれている。

「だとしたら、やっぱり〝私はナニナニだからうまくいくはずがない〟という思い込みから抜け出るのは不可能なんだ」と思う人もいるかもしれないが、それは逆だ。実は、これも最近の研究で、このとらわれを消し去るためには、驚くほど簡単な方法が効果的だとわかっている。

「私にとって大切なことは何か」を考えてもらい、「なぜ大切なのか」について15分ほどの作文をする。それだけで「女だから」「東京の人間じゃないから」と萎縮することなく、自信を取り戻すことができるという。ある論文には、これは「心のワクチン」だと書かれていた。

「きっとダメだ」「また失敗だ」と予想して落ち込む前に、「私は音楽が大好き。なぜなら子どもの頃から歌とともに育ったから」と自分にとって何が大切かを文章に書いてみる。それだけで本当に自信が少しでも回復できるなら、こんなにすばらしい「心のワクチン」はない。とらわれや思い込みに縛られている人に、今度、試してみることにしよう。みなさんもいかがですか。

かけがえのない自分を大切に

友がみな　われよりえらく…

新年が来ると、必ずつぶやいてしまうフレーズがある。それは、「友がみな　われよりえらく見ゆる日よ」。

言うまでもなくこれは、石川啄木の有名な短歌の上の句。知人の年賀状に記された「いよいよ支店長になりました」「講演で世界を飛び回る日々です」「孫に囲まれ幸せ！」といった近況に「わあ、すごい」「いいなあ」などと声をあげ、最終的に口をついて出てくるのが、この「友がみな…」なのだ。

これは、啄木が24歳のときの歌だ。その頃、啄木は新聞社で校正係として働いていたが、研究者や記者など夢に向かって足を踏み出した昔の友人のうわさを聞いては、わが身と比べて落ち込んでいたという。そこでつぶやくようにしてできたのがこの歌というのだから、今ならさしずめツイッターの書き込みのようなものなのかもしれない。啄木が24歳だったのは、西暦で言えば1910年、今からちょうど100年ほど前だ。よく考えてみれば、その時代にも友人、知人の活躍を知って、「すごいな」と感心しながらも「オレってダメだな」とヘコんでいた人がいた、というのはおもしろい。時代が変わっても、人間の本質はそれほど変わらないのかもしれない。

さて、啄木の歌には下の句もある。「花を買ひ来て　妻としたしむ」というものだ。そうだ、友だちがみんな自分より出世したって充実してたって、自分は自分。目の前のきれいなものや言葉を交わせる人を大切にすれば、それでいいじゃないか。100年前の啄木に励まされ、今年も私なりに楽しくやっていくことにしよう。

かけがえのない自分を大切に

「人を診る」診察 原点再認識

精神科医の私は、診察室でときどきこんな話を聞かされる。「先生、信頼している霊能セラピストから、精神科の薬はやめなさいと言われてるんです」「親戚からどんな病気も治る奇跡の温泉を紹介されたので、もう通院はやめます」。

こういったいわゆる民間療法、代替療法の人気は高く、「西洋医学に比べて安全で効果的」と思われている場合が多い。私としてはもちろん、「なんとか薬や通院はやめないように」とその必要性を説明するのだが、そうすると「患者さんが減ると困るから必死なんですね」とかえって不信感を持たれてしまう場合もある。

では、どうして「西洋医学は危険」と拒絶され、「民間療法は信頼できる」と思われるのだろう。いちばんの理由は、いま病院で行われている医療が「病気」や「病気の部分」だけを見て、「その人本人」を見ていないということにあるのだろう。私もつい、パソコンの電子カルテに目をやって「えーと、うつ病で不眠、集中力の低下、気分の落ち込みがあるのか」と思い、症状の話だけで診察が終わってしまうことがある。その人としては、もっと「顔色もまあまあですし、表情もいいですね」と自分の全体、「お子さんがいるんですよね？　育児はいかがですか」と生活の全体に目を配ってほしい、と思うに違いない。

その点、民間療法や代替療法では、診断や症状よりまず「その人」を見ようとする。そこで「ちゃんと向き合ってもらえた」という満足感が得られるのだろう。とはいえ、いくら患者さんが安心できるからといって、必要な医学的治療までが中断されることはあってはならない。「病気ではなく人を診る」という原点に立ち返らなければ、と改めて思う秋である。

かけがえのない自分を大切に

自分を認められるように

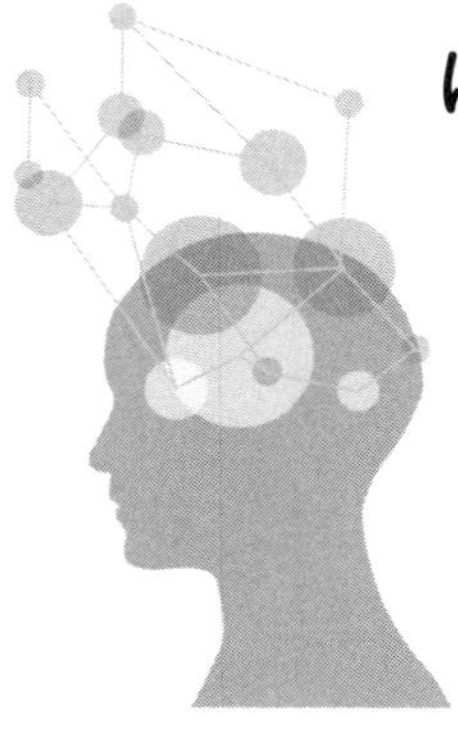

毎年、学生に「だまされないための心理学」というテーマの授業をするのを楽しみにしている。「ちょっとあやしい占いで、〝あなたは特別な運命を持っている〟は誰にでも言ってる決まり文句」「あなただけに特別にお教えします、というのは買わせるためのフレーズ」など、ビジネスから詐欺まで、人間の心理をうまく利用した「相手をその気にさせるテクニック」について、具体例をあげなが

ら説明するのだ。すると多くの学生が、「えー、知らなかった、私の占いの先生もそう言う」「私もそう言われて、高い英会話教材を買っちゃった」などと言い出す。

もちろん、すべてがインチキというわけではないのだが、私たちには共通して「こう言われたい」と思っていることがある。ひとつは、「あなたは特別だ、選ばれた人間だ」というもの、もうひとつは「そんなあなたなのに、いまは世の中が理解していない」というもの。つまり、「本来なら、あなたのようなすばらしい人間は、もっと得をしたり賞賛されたりしてもおかしくない」と誰かに認めてもらいたい、と多くの人が心の底で願っているのだ。

そして、その心理につけ込もうとする商売が、世の中にはたくさんある。「あなただけ得をする」「選ばれたあなたにお届けする」などと言われてよい気分になり、つい高い商品を買ってしまう。それじたい悪いことではないかもしれないが、後になって「しまった」と思うのはなんとも悲しい。他人にほめられる前に、自分で自分をしっかり認められる人間になること、それが防衛策だ。

こころとからだを大切に

明るく治療に向きあおう

私は精神科医だが、診察室にはからだの病気を抱えた人もやって来る。

中にはがんで治療を受けているが、闘病に疲れて気持ちが落ち込んでしまった、という人もいる。「抗がん剤はとてもつらいので、もうやめたいと思う。どうでしょう」と相談されて、答えに困ったこともある。

もちろん、最終的には本人と家族が決めることなのだが、「友人からがんにものすごくきく薬草がある、とすすめられたので」といわゆる民間療法を選ぼうとしている人もおり、そうなると「あなたが決めることです」と黙って見ていられなくなる。

「あの、これは精神科医としてではなく、あくまで個人としておききするのですが、その薬草の効果はどれくらい科学的に証明されているのでしょうか。ちょっと冷静に抗がん剤と比較して考えてみませんか」

そう言って、「先生は薬草をすすめてくれた友人を疑うんですか！」と怒られたこともあった。私は、「せっかく薬草に期待して前向きになっていた人を傷つけてしまった」と反省した。からだの病気の治療に取り組む場合でも、「前向きなこころ」は何より大切だからだ。

本人が納得して希望を持ちながら治療を受けることと、効果が科学的なデータで明らかになった治療を受けること。そのバランスはとてもむずかしい。ただ、どちらか片方だけに偏っては、その人らしく病気と闘ったりつき合ったりできないことはたしかだ。明るい気持ちで正しい医療を受けてもらうためには、どんな言葉をかけるのがよいのか。すぐには答えは出ないことだが、これからも考えていきたいと思っている。

こころとからだを大切に

早寝早起き、運動で前向きに

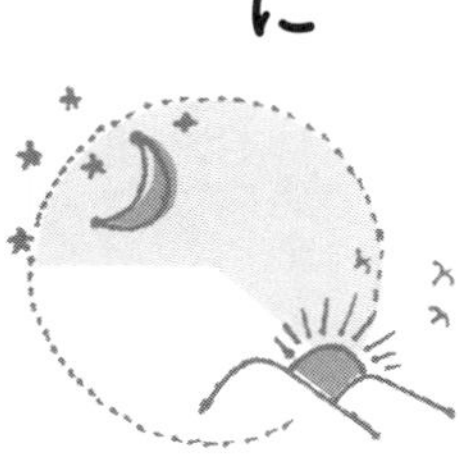

精神科医の会合があり、若い頃からいっしょに勉強してきた全国の仲間と久々に再会した。懇親会の席で、ひとりが切り出した。「最近、患者さんの話を聴くより、自分が話してる時間が長いんだよ」。まわりの精神科医が「えっ」と驚いて彼の顔を見たら、次のようなことを話してくれた。

うつ病の患者さんの中には、生活リズムが乱れている人が少なくない。寝つきがよくないのでどうしても「遅寝、遅起き」になってしまう。日中も家に閉じこもりがちで運動が少ない。そして、つらい気持ちをまぎらわせるためについお酒に頼り、食事は不規則、スマホの動画を見ていちにちが終わる人もいる。そういう患者さんたちには、「まずは睡眠、できるだけ歩く、そしてお酒をやめて早寝早起きの習慣を」と指導することにしている…。

それがそのドクターの方針なのだそうだ。だから、「先週も明け方寝て昼に起きる、という生活でした」と話す患者さんには、「それではいけません。万歩計つけて歩いてください。一日7千歩が目標ですよ」などと〝徹底指導〟するので、自分の話す時間が長くなる、ということらしい。

もちろん、しんどさや落ち込みが激しいときには抗うつ剤などのクスリも必要だろうし、散歩なども無理ということもあるだろう。でも、たしかに「とにかく早寝、運動、お酒をやめてきちんと食べて」といった生活指導で憂うつな気分が吹き飛び、前向きになれる人もいるような気がする。

いやいや、患者さんに指導する前に、まず私が実践して確かめてみなくては。「早寝早起き、そして運動」で明るく元気な気持ちになれたら、またここで報告してみたい。

こころとからだを大切に

便利な生活 体には不自然

全国的に天候が不順なせいか、診察室でもからだの不調を訴える人が多い。気温の変化、気圧の上下などに敏感な人は、とくにたいへんだろう。

昭和の時代を生き抜いてきた人たちは、「昔はエアコンなどもなく、今よりもっとたいへんだった」と言う。たしかに夏は扇風機やウチワでしのぐしかない、湿度が高いときにもじっと耐えていた、という経験をしてきた人たちからは、天候の変化に振り回される現代人はひ弱に見えるかもしれない。

しかし、昔に比べて大きく違うのは、私たちはからだにとても無理をさせながら生活しているということだ。たとえば、以前なら航空券を買おうとしたら旅行代理店などが開いている時間に電話をするか、出かけるかしかなかった。夜6時をすぎてしまったら、「もう閉店だから明日にしようか」とあきらめた。ところが、いまはネットがある。パソコンがなくてもスマホがあれば、午後11時でも午前2時でも航空券の予約ができる。それは一見、便利のようだが、からだにとっては不自然なことなのだ。冷暖房が完備され季節に関係なくできるようになった仕事も多いが、からだのほうは「真夏は休みたい」「厳冬の時期は部屋にいたい」と感じているかもしれない。

時間も季節も関係なく、いつでもやりたいことがすぐできる。そのしわ寄せがからだに出て、「低気圧が来るたびにからだ中に痛みが出て」などと訴える人の増加を招いているのではないだろうか。暗くなったら仕事は終わり。台風や嵐が来た日は早じまい。真夏や真冬は働きすぎない。人間もまた、自然の大きな流れの中にいる生きものだ、ということを忘れないでいたい。

こころとからだを大切に

心の調子 米大統領選でダウン

精神科の診察室にやって来る人は、たいていは個人的な問題や身近な問題がストレスとなり、不眠やうつなどの症状を引き起こしている。ところがときどき、遠くで起きたできごとに胸を痛めたりそれで不安がつのったりして、具合が悪くなるという人もいる。東日本大震災のときは、私がいる東京の診療所にも、直接、自分が被災したわけではないのに「東北の人たちが気の毒でたまらない」「原発事故の影響で日本はどうなるのか」といった心配、恐怖から調子を崩した人が大勢、訪れた。

２０１６年の秋から冬にかけても同じことが起きた。それは同年11月のアメリカの大統領選挙のあと、診察室で「トランプ氏は何をするのか、日本にどんな影響があるのか、とても恐ろしい」「黒人や女性を差別するのではないか、心配になってくる」と浮かない顔で訴える人たちを見かけるようになったのだ。アメリカのニュース番組を見ていたら、「トランプ氏の当選のあと、子どもが怖い夢を見るようになった」と話す人が出てきた。そういう人たちがどのくらいいるのかはわからないが、政治経験もなく、自分と異なる人種や宗教の人たちへの差別的な発言も目立つトランプ氏の登場により、心の調子がダウンしている人は世界中にいるのではないだろうか。

では、直接、被害を受けたわけではないのに、遠い場所や国のできごとが原因となって不眠や恐怖が強くなったら、どうすればよいのだろう。自分を守るためには、まず身近な生活をしっかり送る、これしかない。いつもより気持ちを込めて洗濯物をたたみ、ちょっと丁寧に料理を作って味わい、ゆっくりお風呂に入る。毎日、やっていることを少し丁寧に行うだけで、だいぶ気持ちが平静に戻るだろう。

これからの世界の変化にしっかり対応するためにも、自分を大切にする。これはどんなときにも忘れてはならない。

こころとからだを大切に

つらい記憶は眠らせる

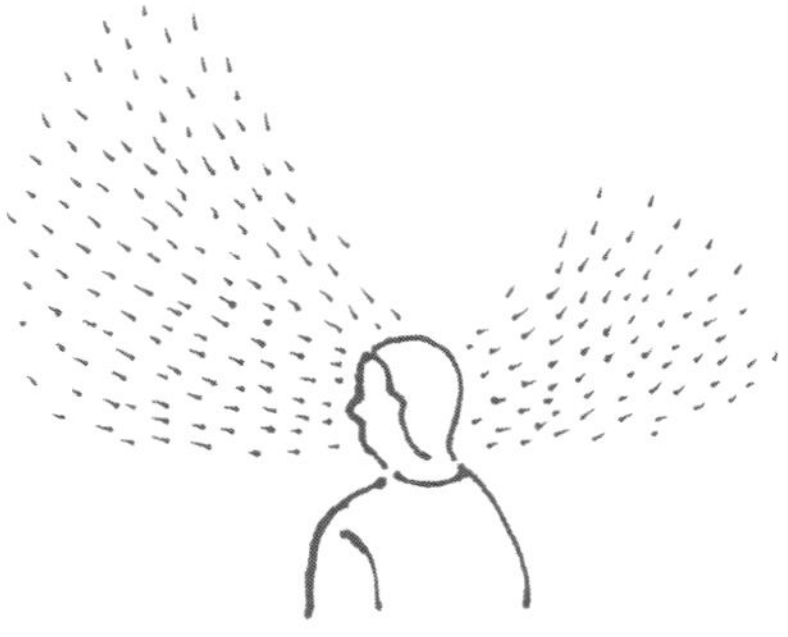

久しぶりに福島に出かけた。東北で被災地の復興にたずさわる自治体職員の方々の相談室などを開催するためだ。個人相談に先がけて3人の女性が現在の状況を発表したのだが、その中で「熊本地震の影響」を話す人がいた。熊本の避難所などがテレビに映し出されると、5年前の自分たちの姿がよみがえってくるようでつらい、余震の情報を知ると自分までが揺れているようだ、と言うのだ。

ふだんは忘れているはずのことが、何かをきっかけに突然、思い出されることがある。うれしい記憶ならよいのだが、たいていはつらかったこと、ショックなできごとなどだ。それがあまりに生々しいと「フラッシュバック」などと呼ばれることもある。

「覚えていたい」と思うことはすぐ忘れてしまうのに、「忘れたい」と思うことはなかなか脳から消えない。一度、乗り越えたはずのことが再び襲ってきてつらい気持ちになることもある。

それは病気なのだろうかというと、そうではない。人間の心があまりにやさしく、柔らかく、細やかなためにそうなっているのだと私は思う。記憶を完全に消す必要なんてない。封じ込めたいやな思い出がよみがえってきたときは、その記憶に「だいじょうぶ。いまは安全なのだから、心配しないでもう一度、眠っていてね」と語りかける。そして、嵐がしずまるのを待つ。もちろん、あまりにつらいときは専門医を訪ねてほしいが、「記憶を消さずに眠らせる」ことでまた目の前の現実に取り組んでいけることが多い。熊本で避難を続けている人も、早く生活が落ち着き、このつらい記憶を眠りにつかせられる日が来るように祈っている。

こころとからだを大切に

高まりつつある漠然とした不安

2016年の関東・東北豪雨で北関東から東北にかけて大きな水害が起きた。阿蘇山《あそさん》も噴火した。その後、私がいるメンタル科の診察室では、患者さんたちから「映像を見るのがつらい」という声が聞かれた。「東日本大震災や御嶽山《おんたけさん》を思い出すから」「私もいつか恐ろしいことに巻き込まれる気がして」など理由はいろいろだが、このところ大きな災害が起きるたびに、必ずこういう話が出てくる。

なぜ「災害の映像が怖い」という人が増えているのか。ひとつは、被災地でスマホなどを使い動画を撮影する人が増えて、ニュースでも以前よりずっとリアルな映像が流れることになったからだろう。「あー、川があふれた」といった生々しい声とともに記録した動画を目にすると、誰でも相当なショックを受ける。

そしてもうひとつ、世の中の流れを見て人々の中に「漠然とした不安」が高まりつつあるのでは、という気がする。国会中継を見ても情報番組を見ても、「戦争ができる国になるのか」「いや、戦争に加担するわけではない」とあたりまえのように〝戦争〟という単語が飛び交っている。「攻撃」「武器」「命のリスク」など耳にするだけでドキッとするような単語を毎日、耳にしているうちに、知らないあいだにストレスがつのり、それが災害の映像で一気に恐怖感にかわってしまうのだ。

もちろん、政治からも自然災害からも目をそらして生きるわけにはいかない。被災地の人たちの無事や復興を祈る気持ちも大切にしたい。でもときどきは生々しい映像やできごとからひととき目をそらし、自分の心を休ませることを忘れないでほしい。

こころとからだを大切に

疲れは「休もう」のサイン

診察室でよく聞く言葉に、「疲れが取れなくて」というのがある。日中は家事や仕事で忙しくすごし、夜になって布団に入り、朝、目が覚める。そのときに「なんだかまだ疲れが残っているな」と感じるんです、と話す人もいる。

これは〝心の病〟なのだろうか。そうも言い切れないだろう。

「あの、何時間くらい寝てるんですか」「6時間くらいですかね」「それじゃなかなか疲れが抜けないでしょう。一度、10時間くらい布団に入っているのはどうでしょう」「先生、冗談でしょう？　そんなの、不可能ですよ」。そんな会話が交わされる。

「疲れが取れない」という問題の多くは、シンプルな休養不足。その背景にうつ病などの病が隠れているケースは1割にも満たないだろう。仕事の量を減らし、休む時間を増やすだけでたいていの問題は解決するはずだ。

そう説明しても「それは無理」と言う人は、診察室で魔法の薬でも処方してもらえると思っているようだ。「私の疲れはうつ病から来ている、と言ってください。そして、飲むだけで元気が出る薬をください」とまで口にした人もいた。

この先、科学が発達して「飲むと元気回復、睡眠や休養がいらなくなる薬」が開発されたとして、それは私たちを幸せにするだろうか。私はやはり、「もう休もうよ」とからだが出してくれる〝疲れ〟というサインに素直に従うべきだと思っている。疲れるのは悪いことではない。「ゆっくりしよう」というからだの声に耳をすまして、のんびりと春の日差しや布団のぬくもりを楽しんでみてはどうだろう。

こころとからだを大切に

健康法 苦痛なら逆効果

「医師がすすめる正しい食事法」といったタイトルの本がたくさん出ている。患者さんへのアドバイスに使えるかな、とその何冊かを買って読み、それぞれの主張があまりに違うのに驚いた。

ある本では「日本式の粗食こそ健康食」と玄米や野菜中心の食事がすすめられているかと思うと、別の本では「米や根菜は極力少なく、とにかく肉や卵を食べよ」と書かれている。「油は控えて」という著者もいれば「油有害説は間違っている」と説く著者もいる。医師が書いただけあって、どの本にも医学的な根拠を示すデータや実際のケースも載っているので、説得力は十分。しかしそれだけに、読者としてはいったい何を信じてよいのやら、と混乱するばかりだろう。

私自身はよく患者さんに、「とにかくストレスがいちばんからだに悪い」という話をする。いくら健康的な食生活を送っていても、ストレスを感じながらきらいな食材を無理に口にしたり、一日中、カロリーや栄養素の計算をしていたりしては、元気が出るはずもない。ある患者さんは有名な医師の健康本にあった「砂糖を摂《と》るな」という教えを守っていたが、あるとき誘惑に負けてケーキを食べてしまった。すると毒を飲んだような気分になり、その直後からからだ中に痛みが出てきたというのだ。「先生、やっぱり砂糖はからだによくないのですね」と言っていたが、悪いのは砂糖ではなく「食べてしまった」という罪悪感によるストレスであることは明らかだ。「これだ」とピンときた健康法や食事法を実践するのはよいが、苦痛や恐怖を感じながらやっても逆効果。「ああ、おいしい。生きてよかった」という幸福感ほど健康に良いことはないと思うのだが、先生、違いますか？

こころとからだを大切に

新年度でも頑張り過ぎないで

毎年、4月になって新年度を迎えると、心機一転がんばるぞ、とはりきる人も多いだろう。

しかし、この時期は精神科医にとっては〝要注意の季節〟でもある。意外に思うかもしれないが、春はうつ病の多発期でもあるのだ。まじめな人にとっては、勉強や仕事で高い目標に向かってひたすら努力するのは、実はけっこう得意なことだ。それよりも、目標が達成され、努力から解放されたときのほうが気持ちが不安定になる。「さあ、好きなことをしてもいいよ」と言われても、何をすればよいのかわからなくなり、落ち着かなくなる人もいる。

せっかく志望校に合格したり昇進を果たしたりしたのに、すぐに「次に向かってがんばろう」とこれまで以上に厳しい目標を自分に課す人もいる。私たちは、とことん休みベタ、遊びベタなのだろう。

本当は、年度がわりの4月は、スタートダッシュではなくて様子見の時期だと思う。「まあ、最初はボチボチ行こう」と考えて、自分の実力を出し惜しみするくらいがちょうどいい。ゆっくり進みながら、年度末までにたまった疲れを癒すのも大切だ。

プロ野球だってそうだろう。東京にいながらも故郷の球団・ファイターズを応援している私は、つい「開幕から飛ばしてほしい！」と期待するのだが、一方で「待てよ、シーズンは長いのだから、息切れしないようにじっくりがんばってもらわなきゃ」とも思うのだ。

新年度にはこう思うのはどうだろう。さあ、これから一年でいちばんおだやかな季節がやって来る。冬を乗り越えた自分をねぎらい、いたわりながらゆっくりこの時期ならではの気候や景色を楽しみたいものだ。

こころとからだを大切に

負の感情解き放つ〝実況中継〟

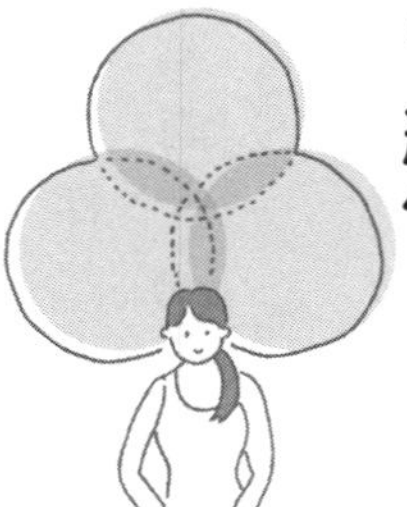

尊敬する哲学者と雑誌で対談した。テーマはなんと「瞑想《めいそう》について」。最近、心理療法でも瞑想がちょっとしたブームになっているのだが、その哲学の先生は以前から心身の健康のために瞑想を実践していたのだそうだ。

瞑想といってもアヤシイものではなく、2千年前、仏教が生まれたときに盛んだったという「からだや心の動きに丁寧に気づく」という思考法のようなものだ。たとえば悲しみや怒りのような感情を完全におさえるのではなく、自分で「怒りの感情が出てきてます、出てきてます」と〝実況中継〟する。それだけでも、やり場のない怒りはそれ以上、大きくなることなくすーっとおさまることがある。

そうは言いながらも、すぐに気が散る私は、この瞑想をやってみようと思ってもなかなかうまくいかない。むしろ患者さんに「最新の心理療法の入門書にこんな思考法が載ってましたよ」とすすめて、「先生、あれ、いいですね！自分の感情を見つめながら実況中継すると、たしかに気持ちがラクになります」と言われることも多い。

いまの時代、日常生活の中でもテレビを見ていても、感情が激しく揺さぶられることばかり。それもたいていは、悲しみ、怒り、落ち込みなどマイナスの感情だ。そのときに「あ、私っていま悲しんでる、悲しんでる…」と自分の感情にきちんと目を向けることでそれがおさまってくれるなら、私たちはボロボロになるまで傷つかなくてすむかもしれない。患者さんにすすめるばかりじゃなくて、私もちょっとは〝自分の心の実況中継〟を実践できるようになりたい、と思う。

こころとからだを大切に

「悲しみ」から気付くこと

『おもかげ復元師』（ポプラ社）の笹原《ささはら》留似子《るいこ》さんの講演を聞いた。笹原さんはもともと岩手県で、棺《ひつぎ》に納める前のご遺体を整える、納棺師を職業としていた。

その中で東日本大震災を経験。笹原さんは遺体安置所に駆けつけ、津波の犠牲者の顔をきれいにしたり化粧を施したりする「復元ボランティア」に従事した。その数は300人を超える。

「悲しみ」という感情には大事な思い出が詰まっている、と笹原さんは言う。ご遺体を前に家族といろいろな話をする中で、ある子どもからこう聞かれたことがあるそうだ。「お母さんは私たちを置いて行ったの？」。その問いに対して、笹原さんは「どう思う？」とだけ答えた。すると子どもは、「お母さんだったら、〝そんなこと、あるわけないでしょ！〟と言うね」と自分で答えを出したという。「悲しみ」を経験することでしか出会えない深い気持ちがある、それはその人の年齢などとは関係ない、と笹原さんは強調した。

私たちはふだん「悲しみ」を「暗くてマイナスの感情」と悪いもののようにとらえ、なるべくそこから遠ざかっていようと考える。「もっと明るく前向きに！」と促す本を読んだり、お笑い番組で気持ちを紛らわしたりする。もちろんそれらが必要な場合もあるが、笹原さんが言うように、私たちはどんなに悲しい状況からも得ることと、気づくことが必ずあるのだ。泣いたっていい、胸をかきむしったっていいのだ。「私は『死』という悲しみの現場でいつも生かされています」と話す笹原さんの表情は、とても穏やかだった。

こころとからだを大切に

ダイエット　ココロは満腹に

最近の研究によると、ダイエットのコツは「カロリーより炭水化物に気をつけて」なのだそうだ。米、パン、めんなどの炭水化物食品はからだの中ですぐに糖分にかわり、それに反応して分泌されるホルモン、インシュリンの影響で脂肪などとなってからだに蓄積されてしまう。米、パンなどに比べ、肉、魚、野菜などではこういう反応が起きにくい。

私が読んだ論文の表紙には、「ハンバーガー、チーズやベーコンの乗ったこってりした中身を食べるのと、外側のパンだけ食べるのとどっちがいい？」といったイラストがつけられていた。一見、「油たっぷりの中身より、あっさりしたパンだけのほうがヘルシー」と思うのだが、「体重を落とすためにはとにかく炭水化物をひかえめに」という理論に従えば、「肉、チーズ、油のほうがいい」ということになるのだろう。

診察室でダイエットがなかなかうまくいかないという人に「トータルのカロリーは同じままで、炭水化物を肉や野菜にかえて」と話したら、「そんな」と笑われた。「食事って単に栄養を摂るためにするものじゃないでしょう？　白いごはん、こんがり焼けたパンを頬ばるうれしさ、おなかがいっぱいになる満足感は、肉や野菜だけじゃ得られませんよ」。

言われてみれば、ホントにその通り。実は私もあたたかいごはんが大好きで「梅干しをおかずに何杯でも食べられる」と思っているのに、突然、「同じカロリーですからこの錠剤を飲んでください」と言われたらガッカリして、やる気も失せてしまうだろう。

健康のために体重を落とすのはよいけれど、心までやせ細ってしまっては意味がない。「ココロの満腹感」も大切にしながら楽しくダイエットしたいものだ。

こころとからだを大切に

別れを悲しむ気持ち　大切

2013年、半年間（4月~9月）にわたって放映されたNHK朝の連続ドラマ「あまちゃん」が終わり、がっかりした人がとてもたくさんいた、という話を聞いた。「あの元気な音楽で一日が始まっていたのに、これからどうすればいいのか」「仕事に行く気にもなれない」とかなり深刻な人もいるとのこと。

大切な人と別れた、仕事を定年退職したなど何か大きなものを失ったときには、誰もが悲しみや落ち込みを経験する。今から30年以上も前に、日本を代表する精神医学者の小此木《おこのぎ》啓吾《けいご》さんは、一般の人に向けて『対象喪失―悲しむということ』（中公新書）という本を書

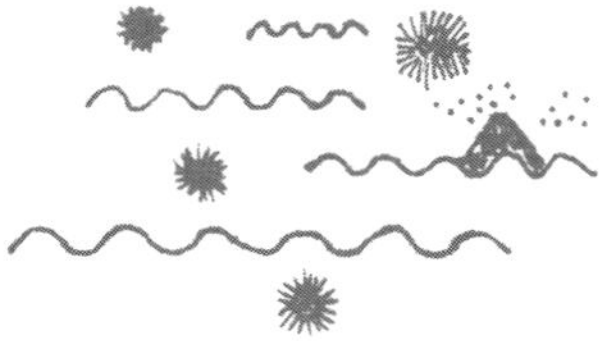

いた。この中では、どんな人の心にも、大事なものを失った悲しみを少しずつ乗り越える力が備わっていることとともに、本当に問題なのは「悲しむことができない人」のほうだ、ということが書かれている。本当は悲しいはずなのに、「マイナスの感情は悪いもの」と決めつけてなるべく見ない、感じないようにしていると、自分自身や人間関係に思わぬ弊害が出てくることがある、というのだ。

『あまちゃん』が終わって悲しい」と涙ぐむ人をテレビのインタビューなどで見ると「ちょっとおおげさだな」とも思うが、こうやって素直に感情を表に出してみんなで認めあえるのは、ある意味で健全なことなのかもしれない。「たかがドラマでしょ?」などと言わずに、ここは思いきり「毎朝、楽しみにしてたのに!」と口にして、「あの場面、よかったよね」「私はあの登場人物が好き」などとおおいに語り合ってもよいのではないだろうか。別れを惜しみ、悲しむ気持ちは、いつか私たちの心に「でも出会えてよかった」「あの思い出は永遠のもの」という実りを与えてくれるはず。これはもちろん、ドラマに限ったことだけではない。

三章

人にやさしく

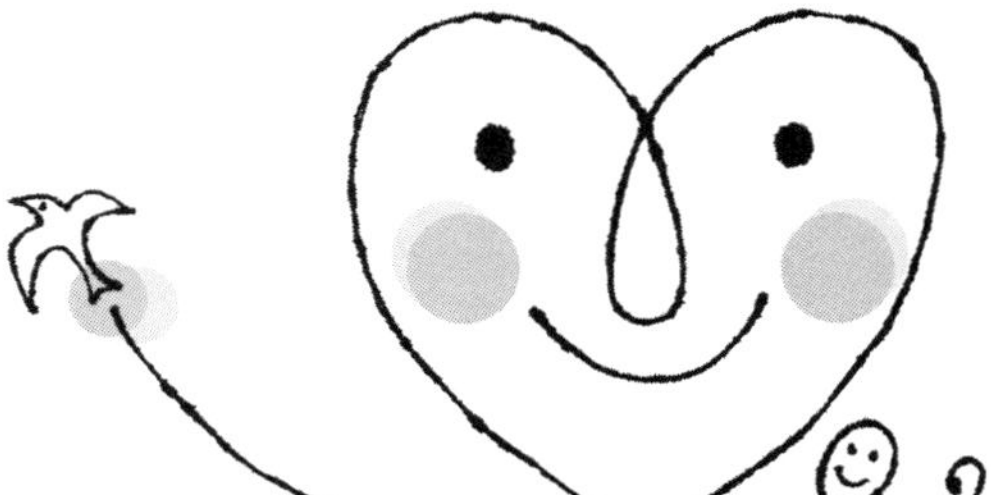

心を込めて「おだいじに」

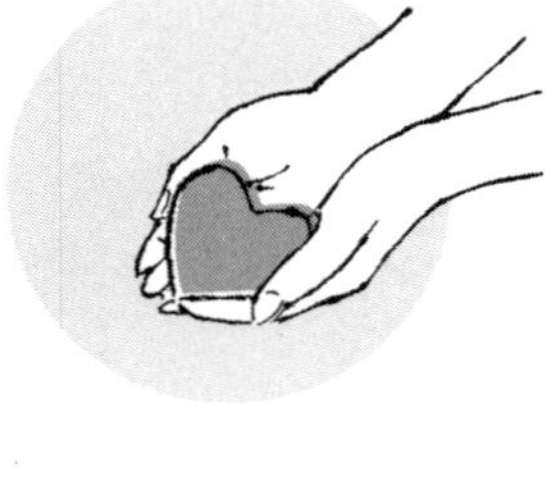

「医者が診察の最後に言うことばは、何がいいと思いますか？」

そんな質問をインターネットで投げかけてみた。「え、それは〝おだいじに〟に決まってるでしょう」という声もあるかもしれない。私もそれはわかっているのだが、これまで30年以上の医者生活ではほとんど「おだいじに」と言ったことがなかったのだ。

私のいる精神医療の現場の場合、患者さんは医者に上下関係を感じることなく、なるべく心を開いて話してもらうことが大切だ。もちろん友だちではないので、何もかもを話すわけではないし、医者側は「クスリを出す」「入院を勧める」など患者さんが望まないことをしなければならない場面もある。ただ、それ以外ではなるべく対等に、ざっくばらんに言いたいことを話せるような雰囲気を作る。私はそれを心がけてきた。だから、せっかく対等なムードで自由に話せているのに、最後でいきなり「おだいじに」と言ってしまえば、「ああ、やっぱりこの医者は私を〝病気〟だと思っているんだな」と感じるのではないか。そういう心配があって、「おだいじに」ではなくて「気をつけて」「また今度」などと言っていたのだ。

インターネットで私が投げかけた質問には、500人以上が回答してくれた。その結果、なんと7割以上が「診察の最後は『おだいじに』がよい」と答えた。コメント欄には、「事務的なのはイヤだけれど、医者がしっかりこちらの目を見てやさしく言ってくれる『おだいじに』ならうれしい」といった意見もあった。

なるほど、そうなのか。どういう単語を使うかではなく、そこにどれほど心を込めるかの問題なのだ。私もこれからは、ときどき「おだいじに」を使ってみよう。もちろん、「治ってほしい」というまごころを込めて。

「本当の親切」つなげよう

パソコンの調子が悪く、家電の量販店に持って行った。そこで購入したパソコンだったのだが、最初に話した店員によると「修理は1カ月くらいかかります」とのこと。「そんなにパソコンが使えないなら買い替えるしかないか」と売り場を見ていたら、別の若い店員が「何かお探しですか」と声をかけてきた。「実は」と事情を話すと、「ちょっと私が見てみましょう」と持参したパソコンをチェックし、「これなら、別のところにある修理業者に行けばたぶん一日で直ります」と教えてくれたのだ。

「本当ですか！」と大喜びする私に、店員はその修理業者の地図を印刷してわたしてくれた。「パソコンは高い買い物ですからね、まずは修理を考えたほうがいいですよ。でも、買い替えるときにはまたこちらにおいでくださいね」。私は「もちろんです、そのときはまた店員さんに選んでもらいます」と約束し、その人の名前をメモした。

家電量販店の仕事は忙しく、それぞれに売り上げのノルマもあるのかもしれない。もし私が店員なら、たとえ修理で直る場合でも「新しいのを購入したほうがお得ですよ」などとすすめていたかもしれない。そんな中、別の業者を紹介して修理をすすめてくれた店員は、「本当の親切」を知る人だったのだろう。彼はパソコンにもとてもくわしく、「大好きなパソコンを大事にしてほしい」という気持ちも強かったのかもしれない。

私はふだんの仕事の中で、患者さんに「本当の親切」の気持ちで接しているだろうか。「この仕事を大事にしよう」と思えているだろうか。さわやかな気持ちで店をあとにしながら、自分のことを振り返り「これからまたがんばろう」と思った。「本当の親切」は相手を救い、その人が「私も誰かに親切にしよう」と思わせてくれるものなのだ。

人間、みんな本当は善い人

私はそそっかしく、店で買い物をしてお釣りの小銭を受け取るときに、よくそれを落としてしまう。「しまった」とあわてて床にバラまかれた小銭を拾おうとすると、そばにいた人が拾って「どうぞ」とわたしてくれることがある。2回に1回ではなく、3回に2回は「落ちましたよ」と拾ってくれる人が現れる。そのたびに「ありがとうございます」とお礼を言いながら、「なんて親切な人がいるのだろう」と感激する。そして、「世の中、捨てたもんじゃないな」とうれしくもなるのだ。

なにを大げさな、と思うかもしれないが、これは大切なことだ。小銭を落とすのは完全に私自身の責任なのだし、しゃがんでそれを拾うのはまわりの人にとって迷惑なことでしかない。冷たい目でにらまれたり、転がった小銭を拾ってポケットに入れられたりしても文句は言えない。それを考えたら、拾う手伝いをしてそれをわたしてくれる、というのはそれほど簡単なことではないのがわかる。

こういう親切な気持ちを、この人たちはどこで教わるのだろう。家庭や学校で「困っている人がいたら、自分の手を止めても助けましょう」と習うのだろうか。おそらくそれほどはっきりと教えられるわけではないはずだ。それにもかかわらず「なんとなく」「いつのまにか」、自然に誰かに手助けをする気持ちが身につくのだとしたら、人間ってすごいな、と感心せざるをえない。

新しい年になっても悲しい事件が続き、ネットには人を傷つける言葉も飛び交い、ふと「もう人は信用できない」という気持ちになることがある。しかしそのたびに私は「先週も落とした小銭を拾ってもらったではないか」と思い出し、「人間は善意の生きものなのだ」と自分に言い聞かせるのだ。今年は自分のそそっかしさを直したいとも思うが、それでも「みんな本当は善《よ》い人」という気持ちは捨てずにいたいと思っている。

理解されにくい「つらさ」

長年、精神科医をやっていて、ひとよりは病気や障害のことにくわしいつもりの私だが、まだまだ気づいていないことがある、と反省することがある。

たとえば最近、知人からこんな話を聞いた。いつも元気そうなその人に「あなたは病気なんてしたことないでしょう」と言うと、「実は昔、交通事故にあって入院したことがある」と話してくれたのだ。リハビリも含めると社会復帰まで何年もかかったという。

「それが、状況から考えると明らかにひき逃げ事故だったのですが、目撃証言もなかったし私もまったく記憶がない。結局、1カ月くらいの捜査でも加害者は見つからない。だから、警察や病院で私は

〝ただそこに倒れていた人〟のような扱いになったんですよね」

もちろん、被害者として何かの救済措置の対象になることもなかったし、治療費も全部、自分持ち。結局、そのとき勤めていた会社もやめることになり、経済的にも気持ち的にもつらい時期があったという。

交通事故にあったのに、被害者でもない。自分の立場にどういう名前を与えるのがよいかわからないから、まわりにも説明しづらく理解してもらえない。経済的にもたいへんな負担。これでは落ち込まないほうがおかしい。

このように、自分に起きている問題にはっきりとした名前がつかないまま、たいへんな苦労をしている人は、ほかにもいるだろう。その人たちはまわりからの理解のなさや偏見の視線で、二重につらい思いをしているに違いない。私は診察室に来る「患者さん」への対応で手いっぱいだが、せめて身近なところに説明しづらい問題、名前のつけられない問題でつらい状況に陥っている人はいないかな、と目をこらしたいと思った。

「大丈夫?」の一言 誰かを救う

2016年3月、またヨーロッパでテロが起きた。場所はベルギーの首都ブリュッセルだ。地下鉄や空港でのいわゆる〝自爆テロ〟を実行したのは、4人の青年だった。中にはブリュッセル在住の兄弟も含まれていたそうだ。

もちろんテロは許しがたいことだが、同じ時代に先進国の都市に暮らしていて「テロを起こすしかない」と追い詰められていった若者たちの胸中をつい考えてしまう。

テロを計画するのは過激派組織の上層部だが、実行するのはいつも末端にいる若者たちだ。テレビのドキュメンタリーなどで取り上げられる〝テロリスト予備軍〟の若者たちの多くはごくふつうで、それまで生きてきた社会になじめなかったり貧困にあえいだりして、自分を歓迎してくれる過激派組織に入っていく。その前に、学校の先生や近所の人、職場の同僚など誰かが、「だいじょうぶ？　困ったことがあったら言ってね」などと声をかけ、彼らが極端な道を選ぶのを食い止めることはできなかったのだろうか。

これは遠い世界のできごとではない。私たちも日々の暮らしでせいいっぱいで、なかなか「いま世の中からこぼれ落ちそうな人」に目がいかない。そこで親切に「だいじょうぶ？」などと手をさしのべる余裕など、誰にもない。そうやって切り捨てられていった人は、その後どうなるのか。一念発起してがんばれる人などそうはおらず、からだや心をむしばまれて病になったり、犯罪に関係した組織に足を踏み入れたりする人も少なくない。

まずはあなたのすぐ近くにいる誰かに、「だいじょうぶ？　心配してますよ」と声をかけてあげること。それだけでも「ひとりじゃない」と救われ、「もう少し生きてみようかな」と思う人もいるはずなのだ。

寄り添うことが「心の薬」に

15人の乗員・乗客が死亡した軽井沢のバス転落事故が起きたのは、2016年1月。乗客の多くは、大学の休みを利用してスキーに出かける大学生だった。突然、大切な人を失った親などの家族、友人のショックはどれほどだろう。また、同乗していて命だけは守られた他の乗客たちも、からだと心に大きな傷を受けたと思われる。

「こんなとき、子どもを失った親にどうなぐさめの言葉をかければいいのですか」と知人から質問された。それに対する答えはひとつ。「どんな言葉もなぐさめにはなりません。できるのは、その方が少しでもからだを休めることができるようにそっとお手伝いすることくらいです」。

最近の心のケアの理論では、ショックを受けた直後の人にたくさん話をさせたり、こちらがあれこれアドバイスしたりするのは、負担を増やしかえって回復を遅らせる場合があることがわかってきている。それよりも、「いまはゆっくりして」「食事は摂ってますか？何か買ってきますよ」「寒いので暖房をつけましょう」など、生活のサポートをすることが大切だ。それもあまり押しつけがましくならないようにして、あとは「何か必要なことがあったら遠慮なく言ってくださいね」と伝えて、少し離れたところから見守るくらいがよいだろう。

大きなショックから一瞬で立ち直る方法などない。とくに、大切な誰かを失った場合、悲しみはもしかすると一生、続くかもしれない。それでもいい、そのままでもまたいっしょに生きていこう。そう思いながら寄り添うことが、いちばんの〝心のクスリ〟だ。今回の事故で苦しみを背負った人たちにも、「ゆっくり、ゆっくりでいいんです」とだけ言ってあげたい。

「幸せのおすそわけ」を忘れない

大学での授業で、ときどきいろいろな事情で困難を抱えている人たちの話をする。具体的には、障害や病気、貧困、暴力や犯罪の被害などに直面している人たちのことだ。

「こういう人たちの苦労や生きづらさを想像してみよう。私たちが彼らのためにできることって何でしょう」などときくと、「よくわからない」という答えが学生たちから返ってくることもある。中には、「困難な状況にある人たち自身が、何をどうしてほしいか、もっと声をあげるべきではないでしょうか」と述べる人もいる。

たしかにそうかもしれない。いま困っている人たちが「この貧しさから救われるような制度を作って」「私は家族から暴力を受けています。これを法律で防いでほしい」などと主張すれば、まわりの人たちも「そうなのか」と気づき、対策を立てやすいかもしれない。

しかし、ここで忘れてはいけないことがある。それは、いま困難にある人は、目の前のことに対応することで精いっぱいで、とても社会に向かって声を上げる余裕や気力などないのだ。その人たちに「自分でどんどん発言してください」と求め、「発言がないということは、何も要求がないという意味なのだ」と考えるのは間違っている。

だとしたら、どうすればいいのか。それはやはり、困難な状況にない人たちが、「何をしてあげればいいのだろう」と想像し、行動するしかないのだ。「私は元気だし家族もいる。だからますますハッピーになろう」と思うばかりではなく、「いまの恵まれた状況や幸運を、困っている人、苦しんでいる人のためにちょっとだけ〝おすそわけ〟しよう」と心がける。私もいまは、幸いなことに元気で仕事もある。これからも〝幸せのおすそわけ〟を忘れないようにしたい。

弱者の困難にどう向き合う

２０１６年、アメリカ大統領選挙の候補者選びで突如、注目を浴びた民主党のバーニー・サンダース候補。モジャモジャの白髪、ヨレヨレの背広で当時、74歳。悪いがとても〝イケメン〟とは言えないが、州によっては同じ民主党のヒラリー・クリントン候補を上回る支持を集めた。

そのサンダース候補を支えたのは、若者や労働者と言われた。彼の政策の目玉は、ズバリ「格差の解消」。「大学授業料の無料化」や「労働者の賃金改正」などを熱く訴える演説は、インターネットで繰り返し視聴された。サンダース氏は最終的には民主党の最終候補にはならなかったが、いまでもアメリカで活躍している。

私たちのイメージの中では、アメリカはいまだに〝リッチな大国〟。ケタはずれの富豪や自家用機を乗り回すハリウッドスターが目立っている。しかし実際にはその影で、デトロイトのように工業都市が破産して廃墟になったり、奨学金を返せずに若者の生活が立ち行かなくなったりもしている。いま困難な状況にある人、いわゆる当事者たちが声を上げ始め、ひとつの大きな勢力になってきつつあるのだろう。

精神科の診察室に来る患者さんたちの多くも、病気になったのは本人の責任ではない。それなのに仕事を失い家庭が崩壊したりする。「誰か助けて」と思っても福祉や社会保障は「財源がない」と厳しくなるばかりで、どうにもならなくなる人も少なくない。

弱い立場にいる人に「さあ、声を上げて」と言っても、本人にはなかなかその力は残っていない。一部の人は立ち上がりつつあるが、まだアメリカほどのうねりにはなっていない。診察室でいつも、「私はいま病気でも貧困でもないけれど、自分にできることは何だろう」と考える。当事者じゃない自分だからこそできること。いっしょに考えてみませんか。

「やさしさ　減るもんじゃない」

東日本大震災の復興業務に携わる自治体職員を励ますイベントをすることになり、元プロレスラーの小橋《こばし》建太《けんた》さんと福島県相馬市を訪れたことがあった。厳しい練習や試合、さらにケガや腎臓がんを乗り越えてきた小橋さんは「明るい未来を信じてがんばろう」と職員たちを励ましたあと、サイン会にのぞんだ。すぐに長蛇の列ができたが、ひとりひとりに丁寧にサインし、握手や撮影に笑顔で応じる。私は思わず、「疲れているのにどうしてそんなことができるの

ですか？」ときいてしまった。

それに対して小橋さんは、「リングの上では自分とファンはひとり対1万人かもしれないけれど、リングを降りたら1対1で接したいとずっと思ってきた」と答えた。そして、「減るもんじゃないし」とにっこり笑ったのだ。

やさしさや笑顔は、減るもんじゃない。その言葉は私の胸にズシンと響いた。私たちは疲れているときなど、ついまわりの人に無愛想になったり意地悪なことを言ってしまったりする。しかし、そこで「お疲れさま！」と明るくほほ笑んでも、たしかに何も減るものはない。むしろ相手もにっこりして「あなたこそ」とねぎらってくれて、エネルギーがわいてくるかもしれない。

駅への帰り道、イベントの準備をしてくれた地元の人たちが、しみじみ言った。「日ごろは忙しすぎてついため息も多くなりがちだけれど、今日みたいにみんなが笑顔になるのはめずらしい。本当によかった。」私もこれから、繰り返しこの言葉を思い出して生きていこう。「やさしさや笑顔は、減るもんじゃない」。

困った子どもの気持ちに寄り添って

ベテランの保育士たちと話す機会があり、2016年に起きた高校生による同級生殺害事件の話題となる中でひとりがこうつぶやいた。「加害者の少女は小学生のときから個性的な子どもだったようだけど、親もどう扱ってよいのか、おっかなびっくりだったんじゃないかな」。

その保育士によると、最近「子どもにどう接してよいのかわからない」と言う保護者が増えている、という。「叱ると大声で泣くので好きなようにさせているんです」「いつまでもDVDを見ているから私が先に寝るんです」と話す親たちは、子育て放棄というよりは「どうしたらよいのか」とぼうぜんとしているように見えるのだそうだ。

たしかに診察室でも、問題行動を繰り返す思春期の子どもを連れてきて、「とにかく専門家におまかせしたい」と訴える保護者によく会う。「もう私たちじゃどうしようもないんです」というのがその親たちの決まり文句だが、目の前でそう言われると「見捨てられた」と思う子どももいるのではないだろうか。子どもにしてみれば、「うちの子なんだから、もちろん私たちが何とかします。でも専門家の知恵も少しだけ借りたいのです」といった程度の言い方をしてもらいたいはずだ。

子どもは暴れたり問題を起こしたりすることで、ときとして「親はどのくらい自分を受け入れてくれているのか」と試している。「何をしたって、あんたは私たちの大切な子どもなんだからどこにもやらないよ！　どこまでも私たちが責任持って育てるんだから、さあ帰ろう！」。そう言って強く手を引っ張ってほしい。そんな思いが〝手に負えない子ども〟の心にあることを、親たちには忘れないでもらいたい。

人助けする人にこそ支援を

支援者の支援。これ、何のことだかおわかりだろうか。「たいへんな状況にある人を助ける立場の人にも、十分なサポートやケアが必要だ」ということだ。

最近、介護や福祉の現場でも、この「支援者の支援」の必要性に注目が集まっているが、とりわけ急ぐのは大震災の被災地で働く人たちへのサポートだ。先日、被災者の生活のお手伝いをしたり電話で相談に乗ったりしている若者たちに会う機会があったのだが、みんなとても疲れた顔をしていた。「だいじょうぶ?」ときくと「はい、被災者の人たちはもっとたいへんなんで」と口ぐちに答えたが、平日は自分の仕事、土日は被災地で活動とまったく休んでない、という人もいた。

ゆっくり休んでね。たまには旅行でもして羽をのばしてきたら。そう言いたいけれど、「誰がかわりをするの?」ときかれたら、答えられない。本当は「がんばっている人たちを応援する仕組み」がもっと必要なのに。これは、介護や育児でも同じこと。

本当は、日頃たいへんな思いをして誰かのためにがんばっている人ほど、手厚いサポートを受けたり〝ごほうび〟の時間をもらったりするべきだ。それなのに現実は、「申し訳ないけれど、あの人にはもっとがんばってもらわなければ」とまわりも見て見ぬふりをしてしまう。だから、ずっとがんばり続けて、息切れしてうつ病になったり燃えつき状態になって倒れたりする人もいっこうに減らない。

もちろん、いちばんたいへんなのは被災者や高齢者、病気の人など「支えられる側」なのは間違いない。でも、「支える側」を支える人も絶対に必要。これを忘れないようにしたい。

四章

ときには声をあげる

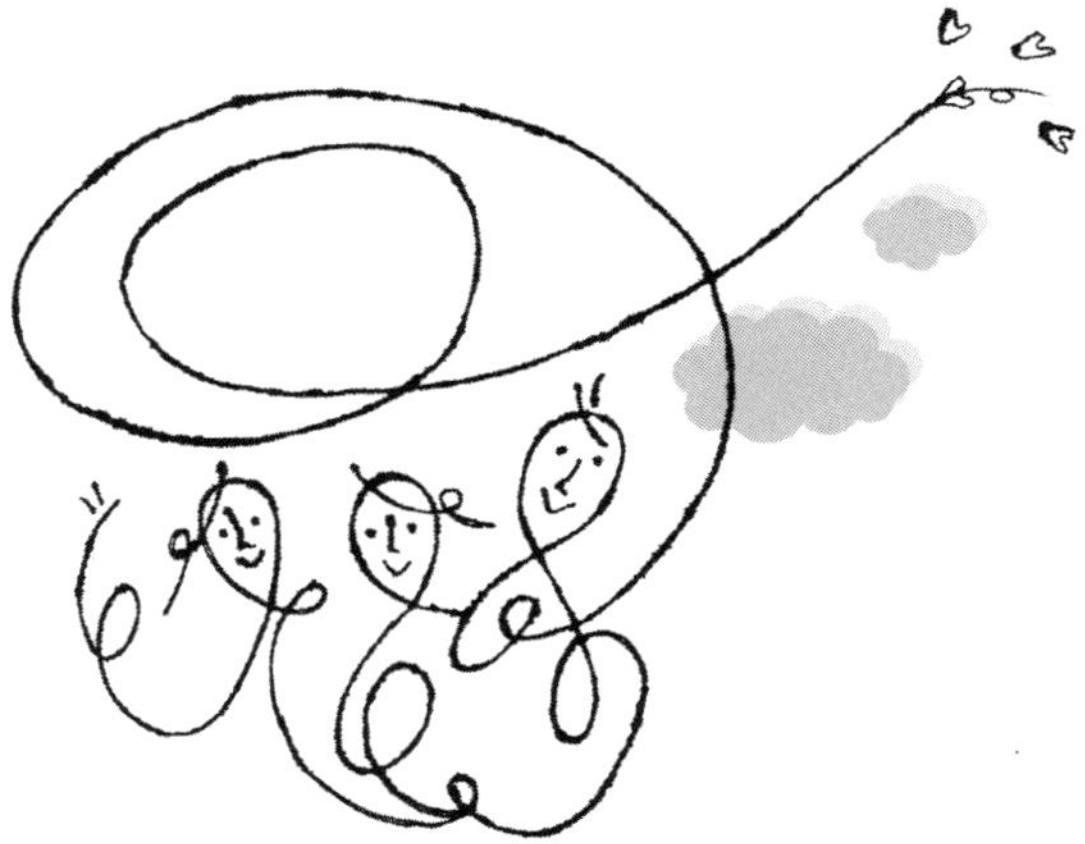

「接待係は女性」意識変えて

地方の経営者などが作る会が主催する講演会で講師を務めた。会場に着くと、新年の集いということでロビーで琴を演奏している和服の女性がおり、控え室では別の女性が抹茶《まっちゃ》と和菓子を運んできてくれた。

主催者に「ボランティアの方ですか?」ときくと、「いいえ。あの女性たちもこの会のメンバーなのです。あの人は繊維会社を経営、向こうの人は社会福祉法人を経営」などと教えてくれた。琴や茶道は趣味で、今日は特別に和服姿でそれを披露しているとのことだった。私の講演のあとには会議もあるようだったので、その女性たちもそこには参加し、活発にいろいろな意見を言うのだろうか。

経営者でもあり、趣味や特技を生かして来場者を楽しませもする女性たち。「すごい人たちがいるものだな」と思いながら、ふと「男性だって何かすればいいのに」と思った。ゴルフや囲碁をそこでお客さんに見せるわけにもいかないが、男性社長たちがコーヒーをおいれします、などという企画があったら、みな喜ぶのではないだろうか。

いまの日本ではどうしてもまだ、「接待係は女性」とする習慣があるようだが、再来年のオリンピックに向けてその意識も変えて行く必要がある。会場の受付、お客さんの接待や案内なども男性が率先してさわやかな笑顔でやってくれたら、日本のイメージもぐっとアップするのではないか。

その前に、それぞれの家庭でも「我が家の今日のおもてなし係はお父さん」とする日があってもよいかもしれない。家族のために何かをやってみんなが喜んでくれると、仕事とは違ったうれしさを感じるものですよ。次の休日に「今日は私が夕食を作ってもてなすから、あなたはゆっくり待っててね」と妻や母親に言ってあげる男性が、ひとりでも増えることを願っている。

インフルエンザでも休めない

毎年、12月頃になると診察室でインフルエンザの検査をする機会が増える。「えっ、精神科で?」と驚かれるかもしれないが、定期的に通院する患者さんも多いので、精神科医は〝かかりつけ医〟の役割を果たすことも多い。私もカゼ、食べすぎ、腰痛などひと通りのことには対処できるようにしている。

「インフルエンザ、陽性ですね」と伝えて、「じゃ学校休めますね」と少しだけ顔がほころぶのは学生だけだ。会社などで働く人は、「いま休めないんです。熱もそれほど高くないので出社していいですか」と言うことも多い。「いや、熱が下がってから48時間は休んでいただかないと」と診断書を書いても、「困ったなあ」となかなか受け取ってくれない人もいる。

もっとたいへんなのは主婦の場合だ。「インフルエンザであろうとなかろうと、家事や育児は休めません」と言う人が多い。もちろん、診断書を書いても誰かが受け取って休暇を与えてくれるわけではない。「ご主人に手伝ってもらえませんか」と言ったら、「〝妻が病気なので〟という理由で会社を休めるわけないでしょう」とため息をつかれたこともある。

テレビのカゼ薬のCMでも「どうしても休めないあなたへ」などというフレーズが流れる。ただでさえ休みが少ないと言われる私たち日本人だが、病気になっても休めないなんてあまりにたいへん。

インフルエンザにぎっくり腰など、それほどの重症でなくても身動きが取れなくなる日常の病気は少なくない。そのときだけ使えるヘルパーの制度や有無を言わさず、会社などに対して社員らを休ませる仕組みなどなんとか作れないものかな、といつもこの時期になると思うのである。

男も女も自分らしい人生を

女性アイドルが突然の結婚宣言。ファンのあいだで祝福の声と失望のなげきが広がった。本人は記者会見で「決断に悔いはない」ときっぱり述べた。

私が若かった頃は、アイドルでなくても仕事をしている女性たちは、結婚や出産に際して周囲に気をつかわなければならなかった。就職のときに「まさかすぐ結婚して産休を取る、などということはないよね？」と面接官に尋ねられ、「一人前になるまで結婚はしません」と約束してしまった、という人もいた。いまだと明らかなハラスメントにあたるが、当時はそうでもしなければ女性が働くのはむずかしい時代だったのだ。

その一方で、インターネットで「女性が恋人でもない男性とふたりで酒を飲みに行くのは是か非か」という議論がわき起こった。男性からの性被害を訴えた女性が、その男性との食事でワインを飲んだことから、「その気がないなら女性は酒の席を断るべき」という意見がけっこうあって驚いた。

こういった話を聴くと、「働く場での女性の権利はずいぶん認められるようにはなってきたが、まだまだなんだな」と思う。就職で不平等な扱いを受けたり結婚や出産を制限されたりすることはなくなりつつあるが、男性と仕事の延長で食事やお酒をともにするだけで「おかしい」と言われてしまう。これはおかしいのではないだろうか。

もちろん、男どうし、女どうしであっても、男女であっても、ある程度の節度は必要だ。でも、本当に女性が社会で輝くためには、男女の友情や同僚としての仲間愛なども認め、そこで女性が被害を受けるようなことはあってはならない、と思う。人生、男も女もなるべく自由に自分らしく生きたいものですね。

「コミュ障」評価は時代で変わる

市民向け講座で「コミュ障」をテーマに話してほしい、と依頼された。「コミュ障」とは「コミュニケーション障害」の略。うまく話せない、話してもわかってもらえない、という状況を指す。いまの若い人の中には、この「コミュ障」で悩んでいる人も少なくないそうだ。

講師を引き受けたはよいが何を話そうか、と頭を悩ませた。そして、「コミュ障」から脱出するにはコミュニケーションについての考え方を変えること、という話をしようと決めた。

私自身の経験を振り返っても、小学生の頃は「おしゃべりしすぎるのは軽い人間ですよ」とよく注意されていた記憶がある。「必要なことだけを短く話せばよい」「自分のことを話しすぎるのは行儀が悪い」という考えがまだまだ一般的だったのだ。それが今はどうだろう。書店に行けば「雑談の仕方」といった本が並び、学生たちは「就職活動のためにも自分をもっとアピールしなさい」と教えられる。「おしゃべり」は「いけないこと」から「必要なこと」へと、すっかりその価値を変えたのだ。

だから、「コミュ障」もその昔は「ひかえめですばらしい」「おくゆかしい」と言われたはずなのに、ここに来て「直したほうがよい」とみんなが思うようになっただけ、と言える。「昔はこれがほめられたのだ」と自分に言い聞かせ、あまり苦手意識を持ちすぎない。「私のような口数の少ない人間を誠実だと評価してくれる人も必ずいるはず」と社会やまわりの人たちを信じる。そして、話すよりも笑顔ややさしい視線などの表情でアピール。これだけでもずいぶん気持ちがラクになるはずだ。

本当は「コミュ障」だなんて言われる人はいない。それが私の「脱『コミュ障』講座」の結論だ。

「若さ」がすべてではない

2017年に行われたフランス大統領選のお話。当選したマクロン候補は選挙のときはまだ39歳で注目を集めた。同時に、「24歳年上で夫の高校時代の教師」というその夫人にも注目が集まっている。15歳で〝運命の人〟に出会ったマクロン少年は、先生に家庭があるのもかえりみず、猛烈なアプローチ。周囲は猛反対したがついに先生も離婚し、マクロン候補が29歳のときにふたりは結婚したのだという。最愛の人と人生を共にすることになった夫は、いつも妻を前面に出しながら大統領選を闘っていった。

もちろん、家庭がある人との恋愛は決してよいとは言えない。しかし、結果的に好きになった人と結婚したマクロン候補が、すでに60代になった妻をまるで自慢するかのように、満面の笑顔でいっしょに写真におさまっている姿からはいろいろなことを考えさせられる。

日本にはまだ「女性は若さに価値がある」という考えが根づいており、テレビによく出てくる女性のアイドルは10代、アナウンサーは20代。男性の世間話に耳を傾けると、「彼の奥さん、20歳も年下なんだって」「じゃまだ30代じゃないか。いいなあ」といった会話が聞こえてくる。そんな中、女性も年を重ねるごとに「私はもうトシだから」と自らを恥じるようになり、公の場には出たがらなくなる人もいる。「年齢なんて関係ない。大切なのはその人自身」などと言われるようになってから、すでに長い時間がたった。それなのに、男性ばかりではなく女性も心のどこかで「若くなければ」と思い込んでいるのだ。

「若さ」には輝きや活気があるのはたしかだ。とはいえ、それがその人の価値のすべてではない。日本の男性たちも、長年連れ添った妻に「昔以上にいまはステキだね。誇りに思ってるよ」と一度でいいから笑顔で伝えてあげてほしい、と思う。

あくまで定時勤務が基本　忘れないで

２０１５年、大手広告代理店の新入社員が自殺したのは長時間労働による過労が原因だったとして、労働災害に認定された。この女性社員の残業時間は、月に１００時間を超えていたという。

一般的には平均して45時間を超える残業が続いた場合、健康障害と業務との関連性が強まって行くとされており、とくに残業80時間超えで「過労死ライン」と言われる。それが１００時間となると、月20日勤務として毎日5時間の残業の計算、会社を出るのは毎日、深夜ということになる。

私はいくつかの民間企業の健康管理室で従業員の健康を守る「産業医」という業務をしているが、いまだに「長時間労働は美徳」と考えている人がいて驚かされる。逆に残業時間が少ないことを「情けない」と思う人もいる。定時で退社するのはごくあたりまえのことなのに、体調がすぐれない人に「残業はやめてくださいね」などと指示すると「みなさんがまだ働いているのに申し訳ない」と断られてしまうこともあるのだ。

仕事をしているからには思う存分、働いて、会社や社会に貢献したい、と思うのは悪いことではない。しかし、精いっぱい働くことは「からだをこわしてまでがんばること」ではない。あくまで定時勤務の中で、自分なりに工夫して仕事をし、健康や家庭生活をきちんと維持して、はじめてその人は「自分らしく働いた」ということになるのだ。

現場で働く人たちは、とにかく「からだがいちばん、家族がいちばん」と自分に言い聞かせながら働いてほしい。また管理職にある人たちには、「部下に長時間残業をさせなければならないなんて恥ずかしいこと」と思ってもらいたい。日中は仕事をがんばって、夕方以降や週末は自分や家族のためにゆっくり時間を使う。この基本だけは、どんな時でも忘れないでおきたいものだ。

命は平等 説明は必要ですか？

２０１６年7月、神奈川の障害者施設で多数の入居者が殺害される事件が起きて、社会に大きな衝撃を与えた。事件の数日後に講演をする機会があり、この事件を取り上げ「生産性や効率が重視される時代だが、それを追求できない人は生きる価値がない、というのは間違い。命は平等、どんな人にも生きる権利がある」と話した。

すると質疑応答の時間に、聴いていた方のひとりがこう発言したのだ。「私も命は平等だとは思うが、簡単にそう言うだけではなく、もう少しちゃんと根拠を説明してください」。その方としては、その問題に関する私なりの考えを聴きたかっただけかもしれないが、私は壇上で言葉を失ってしまった。

「命は平等、と言うのにそれ以上の説明はいりますか。それを否定したら、人間が人間でいられなくなってしまう。そう言うしかありません」

発言した方は、やや納得がいかないように首をかしげながら「わかりました」と言った。

講演を頼まれた者としては、質問に対しては責任を持ってわかりやすい答えをする必要がある。それを考えれば、私の回答は不十分だっただろう。しかし、やっぱり「人は平等」「命は大切」というのは、それ以上、説明する必要もないくらい、人間の基本、あたりまえの常識であるように思うのだ。それを「なぜ平等なの？」と思った瞬間に、私たちは人を差別したり自分を疑ったりするようになって行くのではないだろうか。

子ども、おとな、若者、高齢者、健康な人、病気や障害を持っている人。どんな人でも一生懸命に生きている。誰も「私はいらない存在だ」と思う必要もないし、もちろん誰かに「あなたはいらない人間」などと言ってよいはずはない。その基本をもう一度、確認したいと思う。

プライバシーもっと大切に

テレビやネットを見ていると、ときどき芸能人が「子どもを授かりました」「離婚しました」「病気で療養中です」と自分の私生活の情報を報告している。おめでたいニュースならまだよいが、ひとに知られたくないこともあるだろう。

診察室でいろいろな人の話を聞いていても、プライバシーを知られるというのは誰にとっても大きなストレスになることがわかる。「知られたくない自分のことが会社で広まってしまった」というのが原因になって、うつ病など心の病になる人もいる。

私たちは「芸能人は私生活も含めてファンの関心の的なのだから」と思っているので、その個人的な情報にも遠慮なく興味を向けてしまう。しかし、それがストレスとなって心のバランスを崩している人もいるだろう。

以前は、「これはプライバシーなので」とマスコミや一般の人の質問をさえぎる人もいた。ところがいまは、ネットがあるので目撃情報などがすぐに拡散されてしまい、私生活を隠そうとしても隠せるものではなくなった。それは芸能人でなくても誰でも同じだ。

私たちは「見られている、知られている」というストレスに耐えられるほど、心が強いわけでもない。「これ以上は立ち入らないで」とどこかで他人の注目を防がないと、知らないあいだに心がボロボロになってしまう。

個人的には、芸能人ももっと自分のプライバシーを強調してもいいと思っている。また私たちも、サービス精神で自分の休日や家族の写真をネットで公開しすぎるのはやめたほうがよい。「ここから先は私だけの秘密」、こんなフレーズはいまも十分に価値を持っている。ネット社会になったからこそ、自分だけの時間や情報を守る権利を私たちはこれまで以上に大切にすべきなのだ。

学びたくてもできない学生たち

地方在住の保護者にとって、わが子が都会の大学に進学するのはうれしいが、頭が痛いのは仕送り。ある調査によると、首都圏の私立大に昨年の春に入学して下宿暮らしをする学生への平均仕送りは、月額8万6700円。

親世代にとっては「毎月約9万円！　それはたいへん」と思うかもしれないが、これはその前の年に比べ1800円少なく、15年連続で減少しているとのことだ。たしかに、首都圏となると家賃だけでも月5万円前後。私が教えている大学でも、学生たちはよく「アパート代と光熱費で仕送りは消えるので、食費や洋服代はアルバイト代でまかなっている」などと話している。

大学に来ていない時間はほとんどアルバイト、となると勉強する時間はほとんどなくなる。また、「本を買って読みなさい」と言ってもお金も時間もないからとても無理。私も大学で教えていながら、深夜のバイトで疲れきって授業中に熟睡している学生を見て、「これじゃ本末転倒だ。でも、いま起こすのはかわいそうかな」とためらってしまうことがある。

「いまどきの大学生は読書も勉強もしない反知性主義」などと批判されるが、多くはそうではない。「学ぶ時間さえない万年過労の働き手」になってしまっているのだ。

せっかく入った大学で、勉強もサークル活動もできず、ひたすらアルバイト。そして、なんとか大学卒業資格を得て就職したら、また長時間労働が待っている。若者は自分の意思で政治や国際情勢に関心を持っていないのではなく、そうしたくてもできない状況に追いやられているのだ。人生にとってとても大切なハタチ前後を「なんとか稼いで生きていかなければ」と仕事に費やす学生たち。彼らを学びの空間に呼び戻すにはどうすればいいのだろうか、と大学で新入生の顔を見ながら考えてしまった。

全ての若者に平等なチャンスを

雑誌の座談会の仕事で、アイドルグループのメンバーふたりに会った。ふたりとも礼儀正しく元気いっぱい。「どうしてこの道を目指したのですか」ときくと、どちらも「お母さんが〝やってみたら〟と言ってくれたから」と答えた。まわりにも「親のすすめ」でオーディションを受けた人が多いのだという。受験かデビューかで悩んだときに「今しかできないんだから」と親が背中を押してくれた、と座談会に来たひとりが語っていた。

「なるほど。今やよい大学への進学だけが親の願いじゃないんだな」

と選択肢が増えていることに感心しつつ、「でも、親の協力がない子はどうなるんだろう」とふと心配にもなった。最近、スポーツや音楽などで活躍している10代、20代の背後には必ずといってよいほど、全力で支えてくれている家族がいる。彼らもインタビューなどでは、隠すことなく親への感謝を語っている。それはすばらしいことだが、中には子どもが何かを目指そうとしても関心を示さない親、「やめなさい」と理解しない親もいるはずだ。そういう子どもたちはやりたいことがあってもあきらめるしかないのだろうか。

大学の学費も上がる一方で、今や国立大であってもある程度、経済的ゆとりや教育への熱意がある家庭の子どもしか進学できない状況になりつつある。その上、スポーツや芸能までが「家族ぐるみの協力がなければ成功しない」ということになれば、そうではない家庭の子どもが選べる道はおのずと限られてくる。

すべての子どもや若者に、平等にチャンスが与えられる社会、努力すればどんな子どもでもやりたいことができる社会であってほしい。そんなことを思いつつ今年の終わりを迎えている。

家族のことでも助け求めて

新聞を読んでいていちばん気が滅《め》入《い》るのは、「高齢の両親と介護をしていた娘が無理心中」とか「40代の心の病の息子を70代の両親が殺害」といったニュースだ。いずれも家族が憎くてやったわけではなく、介護に疲れ、あるいは将来を悲観しての行動だ。

診察室でも、家族の誰かが病気だったり介護が必要となったりして、「このままではみんな倒れてしまう」と悲惨な訴えをする人が少なくない。公的サービスを使うにも限界があり、民間サービスにはお金がかかる。「家族のことなのだから自分たちで面倒を見なければ」とひとを頼ろうとしない人もいる。

生きていれば一定の確率で病気にもなるし、高齢になれば介護が必要となる。人類が始まって以来、ずっと変わらずに続いているあたりまえの事実だ。それなのに、「誰が世話をするのか」という問いには有効な答えが見つかっていない。世界の各国でも「国が面倒を見るべき」「その財源はどうなる。それよりも民間のサービスを充実させるべき」といった議論がずっと続いており、試行錯誤も行われているが、どの方法がいちばんよいのか、まだ誰もわからずにいる。

これほど科学や技術が発達しているのに、看病や介護の担い手を誰にするかが、まだ決まらない。よく考えてみるとおかしな話だ。しかし、少なくとも「すべて家族が何とかすべき」というのは違うはずだ。「もうどうしようもない」「将来を考えたら何の見通しも立たない」と行き詰まる前に、ぜひ「助けて」とどこかに駆け込んでほしい。役所、病院、ＮＰＯ、ご近所さん、親族など、誰かが必ず手助けをしてくれる。日本社会、まだそこまで捨てたもんじゃない、と私は信じている。

からだのデータは個人情報

学校で行われていた健康診断から「座高測定」と「ぎょう虫検査」が、２０１５年度限りで廃止された。文部科学省で検討した結果ということだ。

文科省の検討会では、「座高測定」の廃止の理由として「身体の健康をチェックする上であまり意味がないから」のほかに、「低く見せるため子どもたちが背中を丸めるなどして測定に時間がかかるから」という声も出たという。私は今回はじめて知ったのだが、「胸囲」の測定はすでに１９９５年度からなくなっているそうだ。

よく考えれば、自分のからだに関する測定値は大切なプライバシー。おとなの女性に男性が「あなたの身長は？　体重は？　ウエストサイズは？」などとしつこく尋ねるのは、セクハラにもなるだろう。

私が子どもの頃は、健康診断は体育館で行われ、計測担当の先生がみんなの前で「48キロだな」などと体重計が示す数値を読み上げていたが、いま考えるとずいぶん乱暴なことをしていたものだ。とくに私は身長がクラスで真ん中くらいなのに座高は一、二を争う高さで、小学校時代は同級生の男子たちから「座高の女王」などと言われていた。のんきな私は当時はそれほど気にならなかったのが、いま考えると「足が短い」というからかいだったわけで、繊細な子どもなら傷ついただろう。

「子どもなんだから身長や体重を隠す必要はない」という意見もあるかもしれないが、私は逆に子どものうちから、「私のからだのデータは私だけのもの」という意識を育てる必要があるのではないか、という意見だ。それが他の人のプライバシーも大切にする感覚を育むと思うからだ。今回の学校健診の項目変更をきっかけに、「身体計測の値、どう扱うべき？」と考えてみてはどうだろう。

「心の復興」も忘れないで

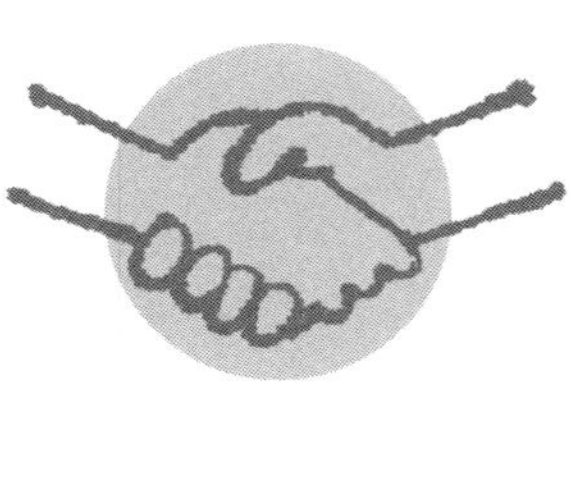

東日本大震災が起きた3月11日には、各地で追悼式などの行事が行われる。２０１５年の政府主催の追悼式で安倍首相は、「被災地に足を運ぶたび、復興のつち音が大きくなっていることを実感する。復興は新たな段階に移りつつある」と式辞を述べた。私自身も「心のケア」の活動で被災地に赴く機会があるが、道路の通行止めが解除されたり新しい建物が建ったりしているのを目にして、着実な復興を実感している。

しかし地域の復興が進めば進むほど、一方で「自分は取り残されている」と思う人も増えていく。津波で家や家族を失った単身の高齢者が共同で生活するホームを訪ねたときのことだ。入居者の方々とお昼ごはんをいただきながら、園芸や手芸を楽しんでいるといった話を聞いた。ところが、笑顔での会話がひと通り終わった後、ひとりがポツンとつぶやいた。「昼間はにぎやかでいいんだけどね、夜に部屋に戻るとなかなか寝られないんだよね」。するとほかの人たちも口々に、「こうやっていつまで生きるのかね」「からだもしんどい」などと言い出したのだ。

もちろん、目に見える形で復興が進み、新しい仕事についたり家族が増えたりして着実に前進している人も大勢いる。ただそういう人が増えれば増えるほど、「私はあのときのまま止まっている」とその差を思い知らされ、孤独感、疎外感をかみしめる人たちも生まれていることは忘れてはならない。安倍首相は追悼式で「被災者の心のケアにも取り組む」と力強く宣言した。あの高齢者の共同ホームで眠れぬ夜をすごす人たちにも、そのケアの手が届くことを祈りたい。

ネット書き込み警戒　嫌な緊張感

インターネットが発達し、いろいろ便利になったことはたしかだが、新しい問題もあれこれ出てきた。

私は大学に所属しているので、入試シーズンの1月、2月には試験監督の業務もこなす。その説明会で、担当者は私たち教員にこう注意する。「先生たち、監督中の居眠り、ガムやお茶などは絶対にやめてください。いまの時代、すぐに情報が拡散されますから」。休憩時間に受験生がツイッターなどに「○○大学の試験監督がずっと居眠りしてイビキかいてた」と投稿し、あっという間にそれが全国に知れわたって苦情電話などが入るのだそうだ。

もちろん、監督業務中の居眠りは言語道断だが、受験生は全国に知らせる前に別の監督にでも直接、苦情を伝えればいいのにな、と思わないでもない。また、そういった話を聞くとこちらも神経質になり、試験中に受験生と目があうと「〝監督ににらまれた〟などとネットに書かれるんじゃないか」などとつい心配になってしまう。お互いが緊張し合うのは、あまり良いことには思えない。

食品への異物混入なども、いまは企業の広報などにではなく、購入した人がツイッターに「こんなものが入ってた」と写真とともに投稿し、公になるケースが多い。ひとつひとつを見ると、かなり重大なケースもあるが、正直言って「これくらいなら健康には影響なさそう」というものもある。ネットに書き込まれると、その区別がつきにくくなり、どれもが大問題に見えてしまう。

「あなた、私のことチェックしてたでしょ？　ネットに書くんでしょ？」と疑心暗鬼になるのは、それだけで大きなストレスだ。ネットでなければ言えないこと、直接、相手に伝えられることを賢く区別し、お互い信頼し合ってすごしたいものだ。

議員こそ他者のための人生

東京都議会で女性議員に心ないセクハラ野次が飛んだり、１年間に１９５回もの日帰り出張を指摘された県会議員が記者会見で号泣したり。２０１４年には「地方議会ってどうなってるの？」と首をひねりたくなるようなできごとが続いた。その後も地方議員の不祥事はいくつも起きた。

かつて地方で議員をしている人に聞いたことがある。「国会議員は扱う範囲が国全体だから、大きな夢や理想も語れる。でも地方の場合は、もっと現実的に住民の要望を聞いたり生活の便宜をはかったりしなければならないんですよ」。有権者に会う機会も多く、「なんとかお願いしますよ」と直接、頼まれると断りきれず、「なんだか地域の世話係のようになってしまう」とも言っていた。

　ところが議員の中には、世話好き、人間好きだからその道を選んだのではなく、「国政への第一歩」とより大きな野望をかなえるため、という人もいる。そういう場合は、地域の人々や生活のために奔走するのがストレスに感じられてしまう。あの野次や号泣も、そうやってたまったストレスの暴走だったのかもしれない。

　もちろん、だからといって誰から見てもおかしな振る舞いが許されるわけではない。というより、それが国政でも地方政治でも、議員になるというのは自分のためではなくて他者のために生きる人生を選ぶ、ということではないだろうか。「そんなの、理想論だよ」と言われるかもしれないが、やっぱり「オレがエラくなりたいから」と思っている人には、政治家を目指してほしくない。それに、そんな人が議員になっても、結局はストレスから自分がつぶれたり相手を傷つけたりするだけで、誰も幸せになれない。そう思うのだ。

日本の平和と安全 守られる？

最近のある日、ある新聞の一面を眺めていて、つくづく「これってホントに日本の話？」と思ってしまった。そこには「国連が『ヘイトスピーチへの対策を』と要求」「集団的自衛権の法制化はいつか」「原発再稼働への動きが加速」といった見出しが並んでいたのだ。

これまで私にとっての日本のイメージとは、「平和で安全でやさしい人が多い国」。たまに海外に行く機会があると、帰ってきて心からホッとできる国でもあった。それがいつのまにか、「これからもホントに平和で安全でいられるの？ どうしてデモで外国人への偏見や差別をむき出しにするの？」と疑問に思うことばかりが増えてしまった。気候までがなんだか昔と変わってしまい、極端に暑くなったり大雨が降ったりする。

「世の中、昔とは違うんですよ。これからは自分で自分を守るしかない、たいへんな時代がやって来ます。いつまでものんびりした気分では困るんです」と言われたら、「残念だけどそうなのか」と認めざるをえない。しかし、政治家たちは「いや、日本はこれからも平和で安全ですよ。ますますよい国になるんです」とも言う。いったいどっちなんだろう、と気持ちが落ち着かなくなる一方だ。

　景気はどんどん改善していると言われるが、診察室にやって来る人たちはますます追い詰められている。子どもの貧困率も過去最悪となった。これにも「いったいどっち？」と混乱させられる。

　日本という船は希望を目指して進んでいるのか、それともたいへんな嵐の中、先の見えない航海を続けているのか。診察室にいるとさっぱりわからなくなる。誰かわかっている人がいたら、ぜひ教えていただけませんか。

子育て相談 気軽にできる環境を

神奈川県で、居所不明の男児がアパートの自室内で白骨死体となって見つかるという痛ましい事件が起きたのは、2014年5月のこと。全国にはほかにも「健診を受けに来ない」「小学校に入学した記録がない」といった所在を追えない子どもが大勢いるという。「親は何をやっているのか」と言えばそれまでだが、診察室にはいろいろな事情で追い詰められ、子どもの養育に十分な手間をかけられないという人もやって来る。昔のように近所の人や親戚が気軽に子どもを預かってくれるわけでもない。「体調が悪いから子どもの

面倒が見られない。でも働いていないので保育所にもなかなか入れられない」と泣き崩れる人を責めることなど、私にはとてもできない。

そういう人には「児童相談所に行ってみれば」とか「自分と子ども、お互いのためにも一時的に施設を利用する手もあるのでは」などと話してみるのだが、一様に返ってくるのは「怖くて行けない」という言葉。とくに女性ひとりで育てている場合には、「役所に相談に行ったら、自分の命と引き換えにしても子どもを守るのが母親でしょう」などとお説教された、という話もよく聞く。

しかし、人には子育てが得意な人もそうでない人もいるし、抱えている事情もさまざま。「子育てがもう無理」となったときに気軽に相談できる環境がなければ、結局、犠牲になるのは子どもたちなのだ。もちろん、だからといって、安易に他人の手を借りたりどこかに預けたりするのは望ましくないだろう。ただそれでも、「子育てができないなんて誰にも言えない」と悩み、ついに子どもを置き去りにして親が消えるよりは、ずっとましなのではないだろうか。

体罰は実力につながらない

大学の柔道部、高校のバレー部などでの体罰がまた問題になっている。いずれも、「コラ、だめだぞ」とちょこんと叩く、といったレベルではなく、一歩間違えばケガなどにもつながりかねない〝暴力〟だ。

２０１３年の冬、柔道のナショナルチームで監督から女子選手らへの体罰が行われていることが明らかになり、私も第三者委員会のメンバーとして調査にあたった。するとそこで多くの指導者の口から、「強くなってもらいたいという一心でやったこと」という言葉が聞かれた。「殴られるか、負けてもいいか、どちらかです」と言い切った人もいた。

指導者の中には、「殴ればできるようになる」と思い込んでいる人が少なくないようだが、本当だろうか。スポーツだけではない。音楽のレッスン、勉強などでも同じだと思うが、失敗したら殴られ、「もっとがんばれ！」と励まされては殴られ、では、一時的には恐怖による緊張から成績は上がるかもしれないが、決して本当の実力にはつながらないだろう。また、本来、スポーツや音楽には喜び、楽しみがつきものだと思うが、殴られて指導された人は、いくら良い成績をおさめてもそれは苦痛な記憶でしかなくなる。

とくに教育の場では、厳しい鍛錬は賞状やメダルのためではなくて、あくまで生徒、学生の人間的な成長のために行われるべき。殴って萎縮し、おとなの顔色をうかがうような人間に育つのは、まさに本末転倒だ。

いくら社会的な問題になってもなくならない、教育の場での体罰という名の暴力。「叩かれて伸びる子ども、大きく羽ばたく子どもはいない」ともう一度、教員、コーチ、保護者みなで確認したい。

介護Ｕターン、その後どう充実

山口県周南市で、連続放火殺人事件が起きたのは２０１３年７月のことだった。加害者の男性は、両親の介護などを理由に関東から地元に戻った。その後、両親は亡くなり、男性は孤立を深めていったと考えられる。「熱心に親の世話をしていた」「帰省した当初は町おこしにも積極的だった」といった周囲の証言が報道されればされるほど、暗い気持ちになる。

　事件から目を離してまわりを見回せば、私の知り合いでも「介護のためにＵターン」を選ぶ人が増えてきた。それも計画的にではなくて、「親が入院しちゃったから」とバタバタと仕事をやめ、引っ越しを済ませ、友人らへのあいさつもそこそこに帰ってしまうケースが多い。「いつかまた戻ってきてね」とメールしようかとも思うが、都会での再就職のむずかしさを考えるとためらわれる。

もちろん、地元で介護をしながら仕事や趣味を見つけ、生き生きと暮らしている人もいる。親を看取った後に広い実家をリフォームして集会所にした、といった便りをもらうと、逆にうらやましくもなる。しかし、そういう人ばかりではない。中には、「介護の必要もなくなった後、自分の人生をどうすればいいのか」と途方に暮れる人もいるはずだ。

介護のために、都会での生活を中断してUターン。少子化が進む中、そういう選択をする人は今後さらに増えると思われる。親思いの心やさしい息子、娘たちが、その後、孤立や仕事探しの苦労に陥ることなく、充実した〝第二の人生〟を送るために必要なことは何だろう。自分で心がけること、地域の受け入れ、自治体などが用意すべき仕組み、みんなで知恵を出しあって考えてみたい。

ハイテンションな政治家たち

「戦いが始まる」「正面衝突が必要だ」。こんな勇ましい言葉が飛び交っている。衆議院の解散や総選挙が行われるたびに、各党のリーダーたちはよくこんなことを口にする。「いよいよ選挙」ということで、この人たちのテンションはやけに上がっているようだ。記者会見などで頬を紅潮させている政治家もいる。

でも、本当の戦争でも始まるかのような言葉を聞いて「よし！」と気持ちが奮い立つ人たちが、いまどれくらいいるのだろうか。大震災、低迷する景気、介護疲れに職場ストレス、といろいろな問題で疲れきっている人たちは、「戦い」などという過激な単語は耳にしたくないのではないか。少なくとも私はそうだ。

もちろん、「思いやり」「やさしさ」といった言葉にいくらほっとしても、それだけで世の中が良くなるわけではない。ズルズルと悪い方向に進むよりは、この選挙をきっかけに「さあ、勝つか負けるかの大一番だ！」と常に競い合い、戦い合う社会に変えるしかない、と思う人がいるのもわかる。

とはいえ、多くの人たちには「選挙」と言われるだけで気持ちが盛り上がるような政治家たちのようなエネルギーは、もはや残っていない。それよりも「リーダーたちが戦い合い、つぶし合った後で社会はどうなるの？」という不安がつのるばかり。

「生きていくのはたいへんだけど、この政治家たちに託せば何とかなりそう。弱い私もなんとか生きていけそう」と私たちがひと息つけるのは、いつのことになるのだろうか。日本の選挙、正直言ってかなり心配だ。

苦しみわかるリーダーこそ

作家の石原慎太郎氏が都知事を務めたのは、1999年から2012年まで。最後の登庁の日、石原慎太郎氏は心境を尋ねられて「解放感、満足感」と笑顔で語った。「(寂しさは)全然ない。心ウキウキ、ワクワクだ」とも言ったという。つい皮肉めいてしまうのだが、その当時の日本で「心ウキウキ、ワクワク」などと思えるのは、本当に幸せなことだと思った。なかなか就職先が決まらない学生、厳しい家計を切り盛りする主婦、老老介護で不安いっぱいの夫婦など、現在にも未来にも夢や希望を感じられない人がほとんどだからだ。

もちろん、国のリーダーである政治家にまで意気消沈してほしい、とは思わない。ただ手放しで解放感やうれしさを表現する前に、世の中の現状や人々の生きづらさを十分に感じ取る感受性を持つのも、リーダーの条件なのではないだろうか。

選挙があるたびに、次の政権は誰にまかせたいか、次の都知事は誰がよいか、と盛んにテレビでは議論が行われている。強いリーダー、決められるリーダーを待ち望む声も大きいが、力強さに奮い立つだけの余力がいまの社会に残っているのだろうか。

それよりも私は、やさしい人、苦しさをわかってくれる人がいいな、と言ったら、それを聞いていた男性の識者からギロリとにらまれた。でも、そうやってにらみをきかされ、強い人の言うなりになっていても、結局、何もいいことは起きないし、生活はラクにならない。

次の選挙も、有権者そっちのけで自分たちだけが「ウキウキ、ワクワク」しながら戦うような男性たち主導で行われるのだろうか。だとしたら、ますます心は重くなるばかりだ。

香山リカ（かやま　りか）
1960年北海道生まれ。東京医科大学卒。精神科医。立教大学現代心理学部教授。
著書に『「ポスト真実」の世界をどう生きるか――ウソが罷り通る時代に』（共著、2018年、新日本出版社）、『「いじめ」や「差別」をなくすためにできること』（2017年、ちくまプリマー新書）、『リベラルですが、何か？』（2016年、イースト新書）、『半知性主義でいこう』（2015年、朝日新書）など多数。

ブックデザイン　菊地雅志

大丈夫《だいじょうぶ》。人間《にんげん》だからいろいろあって

2018年11月20日　初　版
2020年 8 月10日　第3刷

著　者　　香　山　リ　カ
発行者　　田　所　　稔

郵便番号　151-0051　東京都渋谷区千駄ヶ谷 4-25-6
発行所　株式会社　新日本出版社
電話　営業 03（3423）8402
編集 03（3423）9323
info@shinnihon-net.co.jp
www.shinnihon-net.co.jp
振替番号　00130-0-13681
印刷・製本　光陽メディア

落丁・乱丁がありましたらおとりかえいたします。

ISBM978-4-406-06288-6　C0095　Printed in Japan